羽田圭介

河出書房新社

バックミラー　目次

バックミラー

バックミラー

東京から東海道新幹線で京都へ行き、さらに在来線で少し北上した僕と絹歩《きぬほ》は、山のふもとにある駅で下車し、タクシーに乗った。一昨年《おととし》できたばかりの小規模なリゾートホテルの名を告げると、僕と同年輩の三〇代後半に見える男性運転手は、カーナビも操作せず車を発進させた。

京都の山の中腹にある、天空に浮かぶ湖面のようなプールを有した一日四組限定のホテルへは、二九歳を迎えた絹歩の誕生日祝いで来た。同棲している彼女が以前から何度か、他人がアップしたSNSの写真に写るそのホテルを、羨《うらや》ましがっていたためだ。帽子にマスクだった僕は、家から遠く離れた外出先ということもあり、マスクだけ外す。

「四室、ぜんぶ埋まってるのかな?」

「どうだろう。平日ど真ん中だけど、予約したときには、空き室表示が△《さんかく》で残り少なかったし」

「高級宿に泊まるような客層には、休日も平日も関係ないか」

そう言った絹歩は、山の傾斜道を上り始めた車内から、竹林を眺めている。普段働いている彼女は今日と明日、休みをとった。誕生日祝いなのだから贅沢《ぜいたく》にいこうと、新幹線のグリーン車の席を予約しようとした僕に対し、平日の昼間で空《す》いているだろうし、贅沢しても早く着くわけでもないのだから普通車でいいと決めたのは、絹歩だった。内心、助かったと思ってもいた。絹歩は恋人を気遣う堅実志向というわけではなく、ここ三年の間に僕と色々旅行に行ってきた中で、単にグリーン車に対する魅力や幻想を失くしただけのように見えた。一方で海外にはまだ魅力を感じ続けているようで、これまで何度か行った海外旅行は、すべて彼女が計画しチケットも代金を立替え手配してくれた。もう少し頻度の高い国内旅行は、僕が手配している。海外旅行のほうが節約気味になったが、場所の珍しさで十分楽しめるので、それでよかった。

カーブが続きタクシーの速度もあまり出なくなった頃、標高が上がり景色の抜けが良くなり、車窓からさしこむ光も増した。まだ午後三時前で、チェックインする時間帯としては早めだ。間もなくですね、運転手が柔らかめの関西訛《なま》りで述べる。大阪の下町出身の知人ヴォーカリストを思い浮かべて、同じ西でもけっこうイントネーションが違うものだなと感じていると、低くくぐもった轟音が近づいてきた。音の伝わり方の特性として、低音にはほとんど指向性がない。山肌にどう反射しているのか、自分たちをとりまく円環が徐々に狭まっているような聞こえ方で低音が近づいてきたと思ったら、ある時点を境《さかい》に音は急にタクシーの後方へと収束し、横幅が広く車高の低いスポーツカーが二台、バックミラーの中に現れた。タクシーの運転手がハザードを出し減速すると、水色と白色のスポーツカーはこちらを追い越して行き、それらのエンジン音も、少し行ったところでとどまった。

タクシーが左折で入ったホテル敷地内に、二台のスポーツカーも見えた。水色のマクラーレンは滋賀ナンバーで、白いフェラーリは品川ナンバーだ。マクラーレンのほうから黒い服を着た二〇代くらいの男が降りたが、出てきた男性従業員に駐車場所を案内されたのか、車内に戻った。タクシーの支払いを済ませた僕らは、館内へ入りチェックインを行う。決済端末が置かれた台はあるものの、エントランスフロアにフロントはない。名作家具として見覚えのある卵形の布張りラウンジチェアに案内された僕らは、ウェルカムドリンクと冷たいおしぼりを受け取る。

「ねえ、ここだったらもう帽子とっていいんじゃない?」

絹歩から言われ、開放感あるプライベート空間のような居心地に心を許してもいた僕は、帽子もとった。チェックイン用紙に苗字だけ絹歩の「小野《おの》」に変え記入していると、ほどなくして、スポーツカーに乗っていた彼らもやって来て、別の従業員に応対されていた。

何やってる人たちなんだろう? 黄と紫のビオラの花弁で飾られた青いノンアルコールドリンクをストローで飲みつつ、絹歩が口にする。僕もちらと見ると、二〇代半ばくらいの男三人組で、はしゃぎ気味のしゃべり声はもっと若めに聞こえた。彼らの格好を見て、絹歩がいくつかの高級インポートブランドの名をつぶやく。

相続かな。マクラーレンの滋賀ナンバーから思いつくままに、僕は言ってみた。しかしなぜ滋賀ナンバーは相続なのか。品川ナンバーは、相続じゃない気がする。考えてみれば、年齢のわりに異様に羽振りの良さそうな若者三人が全員、相続組とも考えにくい。相続なら、親がもっと金の使い方をわきまえさせるのではないか。彼らはおそらく、なんらかの手法で稼ぎ、それを制約のないまま好き勝手に消費できる、桁違いの金持ちなのだ。三人の顔を見ても、特に有名人というわけでもなかった。つい一〇年ちょっと前くらいまで、僕が彼らと同じような年齢の頃には、存在していなかった人種だ。人々を感動させるだとかためになるだとか、おそらくそういう手順を踏んでいない、なんらかの裏技をつかいいきなり金だけを手にした雰囲気が、彼らからは漂っていた。

「あの人、ちょっと似てるよね、顔」

僕の顔と見比べながら、絹歩が少し笑っている。

「え……あのうちの誰と?」

「ほら、胸にアクセつけてる……水色の車運転してた人」

再び盗み見ても、その人の顔が僕の知っている有名人の誰にもあてはまらないことだけはわかるものの、顔の細部まではよくわからなかった。

床や天井に貼られた真新しい杉板が香る部屋で水着になった僕らは、部屋の露天風呂の、施錠可能なドアの向こう側の通路から直結している、宿泊者たち共用のプールへと向かった。一番乗りの屋外プールの水面には一切の揺れもなく、まだ明るい白い空と遠くの山を反射させる鏡そのものだ。

すごいね、本当にきれい。喜んでいる絹歩に続き、僕もプールへ足をつける。日に最大で四組しか利用客が訪れないにもかかわらず、白いポロシャツを着た女性スタッフが、隅にある小さめのバーカウンターで作業しながら、客からの申しつけにいつでも応えられるように控えている。他の人たちがいない今のうちに、写真撮っちゃおう。絹歩の要望のままに、僕は彼女の写真を撮ったり、僕をふくめたツーショット写真を撮ったりする。中肉中背の絹歩は目が大きく、少し赤みがかった茶色に染めたミディアムの髪がシルエットにメリハリをつけることもあり、接写気味に撮ると、写真映えした。一昨日《おととい》サロンで綺麗にしてもらったというジェルネイルが、艶やかに光を反射している。そのうちに、ポロシャツの女性スタッフが撮ってくれることになった。名物プールならではの美しい写真が撮れるよう誘導され、いくつかの構図で手早くシャッターを切ってくれた。

「この写真いいね……ありがとうございます」

僕が女性スタッフに礼を述べると、絹歩も、いつかSNS上で見たまんまの写真が加工もなしに撮れていると、満足そうだった。ついでにグラスのシャンパンも注文し、またプール内でシャンパングラスを持っての写真を撮り、タオルを敷いてもらった寝椅子に横になってからも撮った。ようやくまともにシャンパンを飲み出した頃には、少しぬるく、炭酸も弱くなっていた。

「へえ、いいな、ここ行きたーい」

また鏡のようになりつつある水面と空と僕をよそに、左隣の寝椅子に横になった絹歩がスマートフォンを見ながらそう口にした。なに？　僕が訊《たず》ねながら上半身を寄せようとすると、絹歩はディスプレイに映る写真を見せてくれる。

海外の景色だと一目でわかる、鮮やかな夕焼けに彩《いろど》られたどこかの島の海沿いの写真だった。彼女がスライド操作をすると、同じ投稿者による、海辺のレストランでの魚介料理の写真なんかも映された。

小さなディスプレイから目を離した僕の視界にも、京都の山々と、縁《ふち》が目立たず天空に浮かんでいるようなプールという、適度に人の手がかけられた美しい風景が広がっている。

ふと、この世のどこに行っても、僕たちが満足する楽園みたいなところなんて、存在しないんじゃないかと思えた。

ここは、絹歩が来たがっていた場所だ。けれども実際に来てみると、彼女はもう、ここではないどこかの景色や、食べたことのない料理を体験することを、夢見ている。今というこの過ぎ去る時間は、ずっとやり過ごされるだけなのか。やがてやってくるはずの、楽しい未来に先んじた時間として。

他の客たちがプールにやって来た。さっきの若い男三人組だった。彼らは僕らとまったく同じように写真を撮り、ポロシャツの女性にも撮ってもらい、シャンパンをボトルで注文し、僕らから少し離れたところにある寝椅子に寝転がった。同じことをするため早めにチェックインするあたりもふくめ、一〇ほど歳が違うであろう僕も彼らも、考えることはさして違わないのかもしれなかった。


京都旅行から帰ってきた翌日、東京では雨が降っていた。絹歩は朝から出社しており、僕は自宅の仕事部屋でＭＩＤＩキーボードやパソコンを駆使し、映画の劇伴《げきばん》音楽の制作をしていた。大きな公園のすぐ近くに位置する低層マンションで、雨の日は公園の利用者もあまりいないからか、雨音がかすかに聞こえるだけで本当に静かだ。

部屋で生音を録《と》らない日は、外から入り込む音に気をつかう必要もない。モニター用へッドフォンのほうが音の細かい違いを聞き分けやすいものの、僕は作業の九割以上、モニタースピーカーから音を流し、音量は控えめに作業していた。機材の性能が良い今時、Ｓ／Ｎ比《シグナルノイズ》等の絶対的な数値にこだわり過ぎるよりも、閉塞感を覚えずに、作り手が飽きないで作れる精神的な側面のほうが大事だ。

曲からいったん距離をおき冷静になるため、僕はメールチェックを行う。複数組のミュージシャンが出演する、対バンイベントの事務的なやりとりのメールが届いていた。一〇代終わり頃から僕らのバンドが度々《たびたび》お世話になってきたJR中央線沿いのライブハウスが、近々閉館する。それに際し、連日集中して開かれるイベントの目玉的存在として、出演を要望されたのだった。

ただし僕らが一〇年以上やってきた、メジャーデビューも果たした四人組バンドは、三年半前に解散している。その直後から始めたバンドは、前身のバンドからヴォーカル兼ギターの僕、ベーシストとギターはそのままのメンバーで、ドラマーとキーボーディストが新規加入した、新しめのバンドであった。ドラマーが抜けはしたが以前とほとんど同じメンバーでやっているにもかかわらず、不思議なことにファンは何割かごっそり減った。いずれにせよ、僕の中で自分のバンド活動に割《さ》く時間自体がここ数年でかなり減り、生計の柱は他のミュージシャンの楽曲制作や演奏のサポート、映画やCM等映像作品で使われる曲の制作へと移っていた。

午後六時半過ぎに絹歩が帰ってきて、手早く夕飯を作ってくれた。つけたテレビでは絹歩の好みでお笑いの要素が強めの番組を流しつつ、食事を終えてからも二人して晩酌しながら眺めたり、テレビの内容とは関係のない話をしたりした。

ただ最近は、こんな過ごし方をしても夜九時半をまわる頃には、すっと冷静になり、少し不安を感じることが多かった。料理上手な絹歩と同棲し料理も酒も平らげてしまうからか、あるいは基礎代謝が下がってきたのか、どんなに飲み食いしても痩せ体型だった昔と異なり、最近は腹の膨らみが目立つようになってきた。己《おのれ》の美意識として肥満体のミュージシャンには、まだ抵抗がある。酒が抜けるのは早い体質ということもあり、水を大量に飲んだ僕は、近所のジムへ行きそのまま併設のサウナへ入って来る旨を絹歩に伝えた。

「わかった。じゃあ、わたしもお風呂入ったら、栓抜いちゃうね」

洗濯済みの布マスクを切らしていたが、ジムへ行けば素顔をさらすし、午後一〇時前で外は暗く見られもしないだろうと、なにもつけず出かける。バンドが爆発的に売れてからつい二年くらい前までは、家の外に出た際は朝から晩までマスクに帽子という格好でいたため、あの頃の自分が今のこの無警戒な体たらくを見たらなんと言うだろうと少し思う。

エントランスから外に出たとき、グレーのタイルが貼られた花壇の縁に座っている女へと僕の目は向いた。人が出てくるのが音でわかり目を合わせないようにしていたのか、僕の位置からだと横向きになるように座っている。二〇代後半から三〇代前半くらいに見える茶髪セミロングのその女は、間違いない、以前にも、ここで一度目にしていた。

反射的に、身を翻《ひるがえ》しかける。しかし一秒経っても僕のほうを見てこないところからして瞬時に、違うな、と理解した。不躾《ぶしつけ》に見続けるのも、僕のほうが怪しい人間へと立場が転じてしまいそうで、座っている女の目の前を横切り、ジムへ向かう。しばらく歩いてから後ろを振り返っても、女は視線を受けることを予期していたのか、目が合うこともなかった。僕の中で、不審な思いはますます強まった。

女を初めて見たのは、数日前だった。

そのときは、エントランスの外壁に寄りかかり、立ったままスマートフォンを手にしていた。同じ低層マンションに住んでいる住人の誰かを待っているのかと思い、僕がごく自然な振る舞いとして会釈《えしゃく》すると、女は少し驚いたかのような反応をし、会釈は返さなかった。そういえばそのときも、細めで明るい色のジーンズにヒールがそこそこ高めの靴、それに夜の闇でも目立つ白色のニットカーディガンという、今日と同じ格好をしていた。

ジムとサウナで汗をかき、内にたまった澱《よど》みも出し切った心地でマンションへ戻ると、エントランスのダウンライトを茶髪に反射させたさっきの女が、まだそこにいた。

さすがに驚いた僕は歩みを遅くし、計算する。家を出たのが一〇時前で、今が一一時半過ぎだから、女は少なくとも一時間半以上、ここで誰かを待っていることになる。あるいは、このマンションではない、近くにあるアパートかどこかに男と同棲でもしていて、喧嘩して出てきたか。もしくは、同棲相手に聞かれたくない電話をするため外に出てきたのか。僕は女が決して僕と目を合わせようとしないのを当たり前のこととして、花壇に座る彼女の姿を観察しながら、すぐそばを通り過ぎる。スマートフォンと折りたたみ傘くらいしか入らない小さなショルダーバッグを膝の上に置いた女は、一応人に見られることを前提とした、よそ行きの格好をしていた。着《き》の身着《みき》のまま、近所のアパートから出てきたという風体ではない。やはり、誰かを待っているようだ。スマートフォンを持っているのに、その人物とは待ち合わせの連絡もとれないのだろうか。

怖さと紙一重《かみひとえ》の、ぞくぞくするような好奇心をひきずったまま部屋に戻った僕は、沸いた風呂に入ろうとしていた絹歩に、下にいる女のことを話した。すると彼女も面白がり、ゴミ出しを装い見てくると外に出て行った。

ほどなくして戻ってきた絹歩の顔も上気していて、「たしかにあれはストーカーだ」と楽しそうに口にしたあと、3LDKの室内廊下に立ったまま評しだした。

「髪が傷んでボサボサで、なんかどことなく野暮ったいんだよね、あの人。毛先とか、靴とか、末端部分のおしゃれにまで気遣っていないっていうか」

同じ人を見たのに、絹歩ほど細部までは見えていなかった。そして、僕には絹歩と同じか少し年上くらいに見えた女も、「あの人」と呼び表しているように、絹子からすれば明確に年上の女らしかった。

「服装も古くさくて、センスが悪かった」

「言われてみればたしかに……。うちら世代が二三、四だった頃に流行《はや》ってたファッションに、近いかも」

「そうだよね、そう、古い」

絹歩のその言葉で、僕は下にいた女に対し、同時代を過ごしたかもしれないという、妙な連帯のようなものをわずかに感じた。ただそんな感覚はたちまちにして消え、僕の意識はすぐ、七つ年下の絹歩の側《がわ》へと寄り添う。

「誰を追いかけてるんだろう?」

対象が自分ではないようであることを前提として僕は言った。

「って言うか、有名人が住んでいるかもしれないってことでしょう? このマンションに有名人なんていない?」

絹歩からの問いかけに僕は、「道を挟んだ、向かいのアパートを見張ってるのかもしれない」と推論してみる。絹歩も、「たしかに、劇団員とか住んでそうだしね、あのアパート」と納得した様子だった。ミュージカル俳優、芸人、バンドマン……熱烈なファンがつく可能性がありながら、壁の薄い築古《ちくふる》の木造アパートに住んでいてもおかしくなさそうな経済力の職種を、二人して挙げてみる。出尽くしたところで、絹歩は風呂に入り、僕はリビングのソファーに身を横たえると、スマートフォンを操作した。

〈ジムに行く前にうちのマンションの花壇に座ってた女性が、帰ってきたときも同じ場所に座ってた。その人は数日前にもいた。誰かのストーカー? 向かいのアパートに、誰か有名人住んでるの?〉

ＳＮＳの公式アカウントでそう投稿し、一分もしないうちに数十件のリアクションがあった。こうしてたまに投稿すると、視覚的にわかりやすい数字により、自分が未だに一応、有名人であるのだということを確認できた。音楽活動を地道に続けた末、二〇代の終わり頃にようやくバンドが売れて、曲が化粧品のＣＭに起用されたりもして、そこからさらに七〜八年が経っていた。

バンドが爆発的に売れだした頃の、人々から急に追いかけられるようになった不可解さを、僕は思いだす。つまりは僕にも、家にまで来られてしまうような、ストーカーから追いかけられる心覚えがあった。当時は本当に怖く思ったり、鬱陶《うっとう》しさや苛《いら》つきを感じたりもした。

ただ、マンションのエントランスにいた女によりもたらされたストーカー独特の気配に、久々にふれてみてどう感じているか。その視線が自分に向けられていないからというのは大きいが、正直なところ、かつては怖さでしかなかったあの雰囲気も、今や懐かしさへと変容していた。

髪色の明るい白ニットの女は、まだ、下のエントランスにいるのだろうか。

僕が世話になった人の結婚祝いの品を買いに行きがてら百貨店でショッピングし、どこかで夕飯も食べてこようと、僕と絹歩は電車に乗るため駅へ向かう。近くに大きな公園があるからか、日曜の夕方、犬を連れて歩いている人も多い。僕は帽子のつばをより深く下げた。

ユカ、韓国に着いたんだってさ。歩きながらスマートフォンの着信を確認した絹歩が言った。ユカは絹歩の友人で、イラストレーターを生業《なりわい》としている。

「また韓国？　この前も行ったばかりじゃなかった？」

「うん、一ヶ月でもう二回目。今回も一週間くらい滞在するみたいよ」

ユカは韓国の二〇代後半の男性アイドルの追っかけをしており、かなりの時間と金を注いでいる。SNSにあがっているユカ自身の写真やショート動画を絹歩伝いにしょっちゅう目にしているし、彼女についての話も聞いているから、僕の知り合いでもあるかのように人物像が固まっているが、僕はユカに一度も会ったことはないのだった。でも絹歩は僕のことをユカに話しているようだし、ユカも海外土産を僕のぶんまで買ってきて絹歩経由でくれたこともある。ふと、人と人が直接の面識をもつことの意味合いとはなんなのだろうと思った。

「今の女……あの女」

後ろを振り返り、抑えめの声量で勢い鋭く言ってきた絹歩につられ、僕も視線の先を追う。

「この前の、下にいた女だよ。怪しい女」

すれ違ったばかりでまだ一〇メートルも離れていないその女は、マンションのエントランスにいた女なのか。日中に、しかも歩いているのを見るのは初めてで、記憶の中のすらっとした印象ほど、背は高くなかった。頭の形とのバランス等で、背が高めに見えるタイプなのか。光沢のあるベージュの薄手の上着を着ており、下は相変わらずの細身のパンツだ。今回はジーンズではなく、黒い綿パンツだった。自身のスタイルにそれなりに自信があり、その魅せ方はこうあるべきだと、決めてかかっている感じがあった。先日絹歩が指摘していたことではあるが、一〇年前の北関東ふうというか、どこか垢抜《あかぬ》けていないファッションセンスと、それに気づいていない様子の視野の狭さ、気軽に指摘してくれる他者が周りにいないような雰囲気が、ある種のストーカーたちに共通する独特なものだ。緩めの「く」の字状に曲がった道の向こう側、僕たちが住んでいるマンションのあるほうへと、女の姿は見えなくなった。

「またこれから、誰かを待つのかな。っていうか、誰が住んでるんだろうね、あの辺に」

「そうだよね、ほんと」

返事をしてから数秒後、迷っていた僕は衝動的に口にする。

「ちょっと見てくる」

「えっ」

「気になるでしょう。すぐ追いかけるから、先に駅で待ってて」

呆気《あっけ》にとられたような顔をしている絹歩を残し、僕は道を引き返す。くの字状に曲がった道を通り抜けても女の姿はなく、意外に歩くのが速いなと思いつつ周りを見ながら小走りするうちに、低層マンションの前にまで帰り着いてしまった。エントランス周辺に、女の姿はない。もっと先へ行ったのかと推測し、マンションを通り過ぎ大きな公園にまで入ったが、ひらけた視界のどこにも、光沢ベージュの上着を着た女はいなかった。

ここまでは来ていないのか？　手前にあった、どこかの建物に入ったのだろうか。僕は自宅マンションから道を挟んで向かいにある、木造アパートのそばまで戻った。ひょっとしてこの集合住宅の、どこかの部屋に入ったのか？　一階にいくつか並んでいる部屋のドアはどれも閉ざされたままで、つい一分以内に人の出入りがあったような物音や気配も外に漏れ出ていない。

だとしたら、二階か。向かいの低層マンションに賃貸で住みだしてから二年数ヶ月経つが、このアパートの敷地内に入ったことなど今まで一度もなかった。外階段を上ろうと手すりを触ったとき、自転車を走らせてきた白髪頭の男性が急にアパートの敷地に入ってきて、目が合った。僕は反射的に階段から離れ、駅のほうへ歩きだしていた。

女とすれ違った場所から公園まで、五〇〇メートル前後のはずだ。僕が走って引き返したことからしても、公園を通り抜けどこか遠くへ行ったとは考えにくく、つまりはこの短い区間のどこかに、あの女がいると考えるのが自然だ。絹歩が待っている駅へと向かいながら、僕は周囲の建物や物陰に目を凝らしたが、見つからなかった。

映像制作会社のスタジオで劇伴音楽の仕事を済ませたあと、僕は所属する事務所の社屋へタクシーで向かう。劇伴音楽は納品後、調整のやりとりを経て僕の手を離れ、次工程の音響へと移行していたはずだった。音響作業段階でもある程度調整できるように、各トラックの音を個別に分離させたパラデータを送ってあったものの、ここへきて出された監督の要望が音響の調整では対応しきれないものとなったため、監督や音響担当者、プロデューサーたちと集まり、部分的に曲を修正するための打ち合わせをスタジオで行ったのであった。

タクシーで事務所に着くと、顔を出してきた旧知の男性社員から、出会い頭《がしら》に謝られた。去年、市販のＡＩ作曲ソフトを利用し自主制作曲でデビューした男子高校生が、つい最近、ライブを行いたいからと系列の音楽事務所に所属した。楽器も弾けない高校生がＡＩで曲を作り若い世代の心をつかんでいる、という触れ込みは大事であったから、彼がＡＩに曲を作らせるのは変わらないものの、プロのノウハウも融合させるべく、僕や何人かが編曲のサポートに入り、生音の録音やミックス等は完全にエンジニアたちに任せるという話で、固まっていた。それが今日の昼頃に一転し、サポートはつけないどころかミックスもAIにやらせることになったという。音質よりも、楽曲制作のすべてを自分で行ったという触れ込みのほうが彼にとっては大事であり、そしてAIによるミックスなんかも、最近はかなり精度の高いものができてしまうのだという。

白紙になったそのサポート仕事の件については謝られつつ、主目的である他の仕事の話をしたあと、僕は社屋から出た。打ち合わせがてら飲むかもしれないと考えていたため、自家用車には乗ってこなかった。サポートの仕事が一件飛び、どことなく心細さを感じた僕は夕方の混んでいる時間帯にタクシーに乗るのも気がひけ、駅から電車に乗った。節約ではなく、インスピレーションのために歩きたいのだと思いこもうとしたが、自信がない。あの頃の自分に対し、今の自分の境遇を隠そうとしたがるような感覚がある。

帰宅ラッシュの電車内で立ったまま、僕はネットに上がっている件《くだん》の高校生アーティストのショート動画を観る。ミュージックビデオではない、普通にしゃべっているだけの動画でも、人気を博しているようだ。僕が一〇代の頃には想像すらできなかった、アーティストとしての在《あ》り方だった。楽器はできなくともAIに曲を作ってもらい、うまくない歌は音程もリズムもAIで修正し倍音まで加え、ミックス作業もAI任せ。一人の人間が音楽で表現活動をするのに、もはや音楽的な才能すらいらないとなれば、いったいなにが必要なのだろうか。音楽的なものではない、おそらく僕には見えていないなにかしらの才能は必要で、その新しい種類の才能でデビューした人たちにとって、僕ら技術をもった人間たちによるサポートは、必要とされなくなってきているということだ。

仕事を終えた絹歩も帰路におり、一〇分遅れで最寄り駅へ着くことがわかったため、スーパーで米等の重い食材もまとめて買いたいからと、駅で合流することとなった。先に下車した僕は時間をつぶすため、駅直結の書店とカフェが融合した店舗に入る。

書店スペースの目立つところには、最近物議を醸《かも》している著作家による、勉強術や仕事術、ダイエット法、アンチエイジング法、資産運用、整理整頓について等、人生を効率的に生きるための方法を説いた本が何冊も並べられていた。そんな本は昔からずっとあるが、医学等各分野の専門家でもないその著作家が問題なのは、色々な本を調べて書いていると明言しつつ、どの本にも情報の出典を一切明記していないところにあった。僕は彼の本を一冊も読んだことはないが、彼に関する「著作権泥棒」「似非《えせ》専門家」等の批判と、そんな批判があるいっぽうで若い人たちを中心に彼を尊敬する者たちもそれなりにいるという事実を、ネットを通しなんとなく知っていた。

カフェスペースを通りかかると、マイルドなマッシュルームヘアの大学生くらいの齢《よわい》の男が、さっきの著作権泥棒の顔写真入り帯が巻かれた〝時間術〟の本をテーブル上に置きつつ、ノートパソコンで動画を観ていた。そこでもまた、動画の世界で同じように色々な実用本に書いてあることを説明し広告収入で荒稼ぎしている別人物による、なんらかの説明動画が再生され、マッシュルームヘアはアイスコーヒーを飲みそれを熱心に観ていた。

自分たちではなにも生み出そうとせず、他の誰かが考えたことを盗んで並べる図々しいコピー人間たちが最も効率よく金儲けできる立場にいるなど、本当に殺伐とした世界になってしまったと、僕は感じざるをえなかった。そんな連中から若い人たちが学ぼうとしているなんて、コピー人間の劣化コピーたちが、どんどん増殖していくのか。

「さっきあの女とすれ違ったよ。電車で帰るのかな、これから待つんじゃないんだね」

改札の近くで落ち合った絹歩が真っ先に、改札のほうを振り返りながら平然と言った。僕もすぐさま視線の先を追い、興奮気味に返す。

「こんな人混みの中で、よく気づいたね！」

「追っかけはいつも、同じ格好で来ようとするから。イベントで着て印象づけた服装を、思いださせようとして」

絹歩いわく女の今日の服装は、インディゴブルーのジーンズに白いニットカーディガンという、以前にも見た格好だったという。報告してきた絹歩の口調は事務的で、何故だかもうさして興味がなさそうでもある。

スーパーで食料品をまとめ買いし、持ち手が食いこみ指がちぎれそうなほど重くなったビニール袋を二つ提げ、僕は絹歩と白ニットの女についての推察を広げながら歩く。街道から家へと至る小路にさしかかり、自動販売機横の電柱にくくりつけられていた［あとをつけまわる人が目撃されています。不審人物にご注意！」という警察の注意喚起がふと目に入った。真新しいわけでもないそれに初めて気づいたと僕が指摘すると、不審な人は前からいるよ、と絹歩が言った。

マンションへ近づくと、エントランスのダウンライトを浴びた若い男のシルエットがあり、住人の友人かなと思いそばを通り過ぎようとしたら、男は一度伏せた視線を僕のほうへと戻してきた。

「あの、すみません」

続けざまに、僕は青年から名前を呼ばれた。たしかに不審な人はそこかしこにいるようだ。帽子はかぶっていたものの、マスクをつけていなかったことを後悔する。はい……そう返事をする頃には、最近あまりはたらいていなかった警戒態勢へと切り替わり、絹歩と距離をあけ、他人のフリをしようとしていた。しかし絹歩は平然とした態度で僕に目を向けてきたため、僕は彼女に対してもわずかな苛つきを感じた。

襟足を刈り上げたゆるいマッシュルームヘアの男を見て、さっき書店併設のカフェで動画を観ていた男かとも思いかけたが、服装が違う。目の前にいる男は黒いサルエルパンツに白Tシャツ、黒スニーカーのモノトーンで、間違った選択さえしなければ良しとする、おしゃれへの興味のなさが如実にあらわれていた。身体の線の細さや額《ひたい》におろした髪の長さが、さっきカフェにいたコピー人間の劣化コピーとまったく同じだった。

「ファンです……握手してください」

「ありがとう……ちょっと待って」

両手に提《さ》げているビニール袋のうち右手のをエントランスの床に置こうとすると、絹歩が苛立たしげにそれを持ち「部屋に持って行くね」と言った。彼女と他人同士であるフリをしたがっていた僕の不満が顔に出たのか、「もういいでしょう、そういうのも、今さらっ」と言い残して絹歩が自動ドアの向こうに消える。僕は空いた右手で挙動不審な青年と握手した。

「なんでここの場所、わかったの?」

「……前に、マンションのエントランスにストーカーがいるって投稿されたと思うんですけど、花壇とか、向かいにアパートがあるとか……。それでわかりました。前から、この駅のあたりに住んでいるんだろうなってのはわかってたんですけど、細かい情報がわかって、特定できました」

青年は初めて笑顔を見せながら、そう説明した。特に音楽をやっているわけでもなさそうな彼は、数年前までたまに僕の前に現れた、弟子やローディー志望のような男でもなく、追いかけた対象と会った末に自分がどうしたいかもよくわかっていない、ただの〝特定班〟のようであった。同性のそういう人たちに対しては、追いかけられる側も、男同士でなんとなくの収まりどころを一緒に見出さなくてはならないような不思議な力学がはたらく。

「アイスコーヒーでも、飲む?」

勝手に家へ押しかけてきたくせに僕からの指示待ちのような態度でいる年下男に、僕はなんとなくそう提案してしまい、青年のほうも少し困ったような表情を見せつつも、「はい。いいんですか」と口にした。僕はマンションの宅配ボックスに残りのスーパーの袋を入れ、そのことを絹歩にメッセージで知らせ、青年と駅方面へと歩きだした。あえて閉店間近だったコーヒースタンドに入り、アイスコーヒーをおごり、少しだけ話をして、一〇分ちょっとで店を追い出されると、そのまま近くの駅まで向かった。

「そういえば、さっきの女性……これまでも度々噂ありましたけど、やっぱ、女性たちを追いかけまわしてきたって、本当だったんですねっていうか……僕が言うのも変ですが」

駅のエスカレーターに乗った際、上に立つ青年から訊《き》かれ、白ニットの女をまず思い浮かべた僕は、彼が絹歩のことを言っているのだと遅れて理解し、首を横に振る。

「違う違う、さっきの人は同居相手、普通の。追いかけてない」

「そうなんですか……? まあ、失礼しました」

エスカレーターで上がってすぐの改札まで青年を送ると、何故だか疑ってくるような顔をしている彼のほうも長居したいそぶりを見せず、素直にホームへと消えていった。

マンションへ戻ると、夕飯の調理を始めていた絹歩に、青年とのやりとりを話した。

「彼は無害そうだから、大丈夫でしょう」

「無害？　まあ、そう思いながら接したところはあるけど、今日のことをネットに書き込んだりしないかな」

「大丈夫。あのタイプは、そういうことはしないよ」

なにかしらの確信でも得ているかのように、絹歩が言った。その道の手練《てだ》れが言うのだから、間違いないのだろう。絹歩も、元は僕のストーカーだった。だからストーカーたちの手口や、その行動心理を熟知しているのも、当然といえる。

七〜八年前にバンドが急な人気絶頂期を迎え、その祭りが終わりかけていた三年ほど前のタイミングで、絹歩は僕を追いかけてきた。祭りが終わりかけていたといっても当時の僕はそんなふうに思っていなかったし、それにまだ追いかけてくる人たちはいたから、ライブのため滞在していた地方で、僕は警戒心を抱きつつ夜の飲食店街へ一人で食事に出かけた。

絹歩のとった行動は、大胆だった。焼き鳥店でテーブル席に座っているといきなりやって来て、「失礼します」と、まるで同席する予定があった仕事相手のような口調で言い、向かいの席に座った。ただ彼女の才能として、警戒心を抱かせないような、追いかけている対象に興味を持ちすぎてはいないと感じさせる、気楽さを漂わせていた。興味本位で催事を見に来たミーハーな人という感じだった。初対面の絹歩とは遅くまで飲み食いし、連絡先をもらって別れた。

　それでも僕が連絡をとらないでいると、ある日、当時住んでいたマンションの角部屋のドア前に、彼女が立っていた。焼き鳥店で交わした会話や他の情報を組み合わせることで、この場所がわかったのだと話した彼女は、デパートの袋に入った真空パックの高級牛肉を提げていた。せっかく買ってきたのを持ち帰るのももったいないので、と笑いながら当たり前のように言ってきた彼女の雰囲気にのまれ、僕は彼女を家にあげてしまった。

　僕のことを好きすぎるわけではない、熱っぽいわけでもない距離感には警戒心を抱かず、絹歩が作ってくれる料理がどれもおいしかったこともあり、ほどなくして同棲生活が始まった。絹歩は長らく住民票と郵便物の宛先は都心にある実家のまま、気分転換で引っ越してばかりいたらしく、僕の家にも段ボール三箱分の荷物で身軽に越してきた。社交性のある彼女には友だちもたくさんおり、よく僕を置いて旅行に行ったりと、ある種のストーカー特有の視野の狭さは微塵も感じさせない。気づけばこの同棲も三年が経つ。

　晩酌しながらの夕飯の最中、受信したユカからのメッセージを絹歩が読み上げた。また韓国へ行っているイラストレーターのユカは、つい先日兵役へ行ってしまった韓国人男性アイドルの、実家が経営しているカフェを再度訪ね、ユカの顔を覚えてくれていた彼の両親と色々話をしたのだという。絹歩が返事を返すと、五月雨《さみだれ》式にやりとりが続く。

「え、ユカやばいよ！　ウジンの両親が、ウジンの兵役の勤務地と、住んでる街を教えてくれたんだって！　バックオフィスみたいな部署に配属されてるって」

「なんでそんな情報、教えてもらえたの？　ウジン本人とは空港で一回しか会えてないのに？」

「本当だよね。ウジン不在で両親に挨拶して周りから固めていって、やっぱりユカはやばい女だ……っていうか、両親が教えてくれた配属先と住所って、本当かな？」

「どうだろう。ウジンが両親に、この日本人が訊ねてきたらフェイク情報を伝えておいて、って頼んでる可能性もあるよね」

「だよね。でもウジン、ユカが描いたイラストのキーホルダー、鞄にまだつけてるしな……って、また送ってきた」

絹歩が差し出したスマートフォンに映るユカからの連続したメッセージを、僕は読んでゆく。

〈兵役行く前最後に見たコンサートでも、前のほうの席にいた私のこと見てたし〉

〈彼の親友のＤＩＭＯは、ウジンのファンを自分のファンと勘違いしたりする自惚《うぬぼ》れなイタいところあって、ウジンの出待ちに優しくして、それでも何割かは喜んでＤＩＭＯのファンにもなっちゃうんだけど、私なんかはウジンを利用してない？ってＤＩＭＯのこと疑ってる〉

ＤＩＭＯっていうのはそういう奴なのかと僕が訊ねると絹歩はうなずき、自惚れが過ぎる勘違い男は見ててキツいもんだよ実際、と添えた。

〈ウジンは売名目的の動画配信の女に裏切られた直後でファンを大事にしたいモードだから、今は誰ともつきあいたいとは思ってなくて〉

なぜ異国の異性の気持ちをユカはこんなに断言できるのかと訊いてみると、絹歩は「さあ」とだけ真顔で答えた。

〈ウジン担当のマスターさんが路上で遠撮してくれた写真なんだけど〉

マスターとは、韓国芸能界隈《かいわい》における文化で、追いかけられるタレントのファン代表のような存在だという。場合によってはタレントの出没場所を所属事務所から前もって特権的にリークされ、綺麗な写真を撮影しファンサイトにアップすることを黙認されている。プロ顔負けの機材を用いて代官山で撮影されたというアイドルの写真と、その一部をユカが拡大加工した写真が送られていた。

〈この日の写真にも、私が渡したキーホルダー、鞄につけてるんだけど…。明らかにウジン、私個人にメッセージを送ってきてるよね？　もうホント逆に困る〉

絹歩はさして深く考えもしない様子で短文を返信しつつ、彼女と僕とで、ユカの思いこみは滑稽なほどであると笑いながらも、日本の一ファンからもらった手作りのキーホルダーを鞄につけ続け、ユカのＳＮＳを見た形跡も残すウジンの行動理由がどのようなものか、はかりかねてもいた。

「両親が伝えた情報が、本当だったらどうなるんだろう？　ウジンが、日本人のユカって子が訪ねてきたら、本当のことを伝えていいよって両親に話してたりして」

「そうだとしたら、実を結ぶことだってありえるかもね、実際」

僕が述べたことに対し、絹歩が妙に現実的なことであるかのように返す。今韓国にいるユカはなにをしているのかわからないが、急にメッセージが途切れた。僕は思い出し、さっき家の前に来た青年が、その少し前に駅ビルのカフェ兼書店で見た青年と同じマッシュルームヘアで瓜二つだったことを伝え、そこから派生し、荒稼ぎしているコピー人間たちのやり口についても話した。絹歩の反応が、人の盗みに手厳しいね、と芳《かんば》しくなかったため、あの白いニットカーディガンの女についてへと話題をうつした。今日も夕方まで、このマンションのエントランスで誰かが出てくるのを見張っていたのだろうか。誰を張っているのか訊ねてみて、僕らも交代で見張ると提案しようだとか、弁当や飲み物の差し入れでもして協力しようかなどと、ふざけたことを言い合ったがそれも数十秒ほどで、既に興味を失っているのか絹歩は話を切り上げるようにSNSを閲覧しだした。複数あるアカウントのうちの一つでフォローしている、ファッションや旅行に関する投稿を見ては、これ欲しいとかここ行きたいとか言っているため、話を中断され少し不服だった僕は、また別の天国に目移りしてる、と指摘した。すると絹歩が淡々と返す。どれくらいときめいて楽しめるかなんて、すぐ変わるよ、ずっと続くものなんてないんだから。いつまでも同じものに執着してる人のほうが変だって。そう言われた僕は、抗弁するのも諦め食器を片し手早く洗った。絹歩も、ようやく作業できるというふうに、冷蔵庫から根菜類を取り出し、作り置きおかずの調理を始めた。

ライブハウス閉館間近の土曜、大々的に宣伝していた僕らが出る対バンイベントは、満席にはならなかった。出番のとき、人がぽっかりといない箇所がフロアのそこかしこにあることが、ステージ上からよくわかった。あの頃の僕がこの有様を見ても、悪い夢を見ているくらいに思って信じないだろうなと、今の僕は感じた。

全出演者たちの演奏と客出しを終え、数人のスタッフたちが片付けをしている中、残っている出演者や関係者たちと会場で軽く飲み始めた。

「人間がやる音楽は、もう終わりなんだよ……」

僕の斜め向かいに座る旧知のフュージョン系バンドのベーシストがこぼすと、いくつかの話題で分かれていた皆が一斉に静かになり、妙な間ができた。目を真っ赤にさせたベーシストは自分で割ったハイボールのグラスを傾けている。ライブハウスの経営難にまつわる話はさっきから長々と続いてきていたが、そのぼやきをきっかけとするかのように、愚痴めいた話題は伝播した。僕も、サポートや劇伴曲制作の仕事が急に減ってきた不遇の状況や、先日作曲用AIソフトを利用契約し、試しにいくつか作品を作ったことも話した。僕は今までもギター一本で作曲してきたわけではないし、三〇代後半という年齢は若いとはいえずとも、AIでの作曲に技術的にはついていけた。いっぽうで、いくらそこそこの曲が出来上がっても、それで作るモチベーションばかりはついていけなかった。自分の思いつきを忠実に具現化したり、そこから派生させてゆく偶然性に喜びを見出さないのであれば、やる意味があるのか、と。希望のもてる話をしていたつもりが、愚痴っぽくなっていた。

「今日来てたね、あの人形遣いの人」

僕のバンドのギタリストが言うと、男四人で構成される他バンドの面々が苦笑したり、顔を手でおさえたりした。出入り禁止扱いになっている彼らの古参ファンの中年女性が、来ていたらしい。詳しく聞かせてもらうと、その中年女性はメンバー全員を模したキルトの手製ぬいぐるみをライブ会場に持って来るのだという。メンバーに関するよくない噂が出回った時期、ライブ会場の壁に、メッセージと共に二人のメンバーのぬいぐるみが五寸釘で打たれていた。

五寸釘は盛ったでしょう？　僕が指摘すると、中心になって話していたドラマーが「本当にデカい五寸釘が打たれてたの！」と返した。その件以来、人形遣いの女性はバンドにとってのNGリストに名前が登録され、電話予約や抽選などチケット販売時に名前ではじけるときはスタッフたちがはじいたが、結局今日みたいに、名前を変えてやって来た。出入り禁止・NGリスト入りしているファンが偽名を使うのは、よくある。

今日もまた五寸釘をやられるだろう、そう推測するドラマーは、演奏後さっさと帰ったバンドメンバーのギタリストをさして言った。最近また、昔の女関係での悪い噂が立ったばかりらしかった。悪口めいたドラマーの語りが発展しそうなところでベーシストが、偽名を用いる人形遣いの女性に話を戻し、あの人たまに夫を連れてくると話すと、夫がいるのかと、皆が驚きつつ笑った。偽名という話題繋がりで、ライブハウスで四年働いてきたスタッフの女の子が、マッチングアプリで出会った男性と逢瀬《おうせ》を重ね、三ヶ月目にしてもう相手から結婚をもちかけられているという話をした。トップクラスの国立大を卒業した総合商社勤務の三一歳で、外見も良いらしい。

「でも、結婚式やるとしたら誰呼ぶ、って仮の話として訊いたんですよ。そうしたら、俺が成長しすぎたせいで皆とはもう話があわなくなっちゃって、呼ぶ友だちはいないから結婚式はやらなくていいかな、って言われて」

それに対し皆、さきほどまでの祝福するような態度を一変させ、要注意人物だとし、色々と訊ねだした。彼女の話によれば、誕生日等の大事な日には気前よくおごってくれるが、かなりの倹約家なのか職場からも駅からも遠いボロアパートに住み、家具も中古で買ったものばかりだという。

「そうなんですよ、実際のところ、社員証とか卒業アルバムを見たわけでもないんで……彼の肉体と、優しい言葉くらいしか、たしかなものはないんですよね」

「怪しいよ、それは！」さっきまで嘆いていたフュージョン系バンドのベーシストが楽しそうに指摘する。

「人生の接点がないのに出会うわけでしょう？　恋人どころか友だちもいないような男が、アプリの力で、アキノちゃんみたいな素敵な人と知り合えちゃうなんて、不自然」

スタッフの女の子が寂しげにうなずくと、ベテランのヴォーカリストの女性がつぶやく。

「でもさ恋愛となると、熱にうかされちゃって、身元がよくわからなくてもつきあうことは、あるよね」

小一時間ライブハウスで飲んだあと、昔のように他の店へ飲み直しに行くこともなく、解散となった。人形遣いを警戒する件のバンド連中や警戒心の強い何人かは、一階テナントのゴミ置き場直通の出入口から外に出て、その他の者たちは普通の裏口から外に出る。僕は裏口から出て、何人か残っていた出待ちの視線の中を通過し、つかまらなかった者たちと共に夜の路上をしゃべりながら歩く。そのうちに、大笑いしながら他バンドのうち二人組が合流し、そのうちの片方が、来てくれた古参ファンから、本当はあなたではなくてもう脱退した他のメンバーのファンだったんだけど、あなたに勘違いされちゃったからこれまで無下にできなくて今日も来たんですよ、と話されたみたいだった。僕らも笑った。

そういう勘違いの話はたまに聞いた。なにせ僕の前身バンドが解散した直接的なきっかけがそれであったため、僕はかつてのドラマーとの喧嘩の話をした。そしたらあいつ、彼女に遊ばれたのは俺たちのほうなんだよ、特におまえのほうがな、早く諦めてまともになれ盗人野郎《ぬすっと》、とかわけのわからないことをぬかしてきたから、酒の席だったし思わずキレちゃってさ……。僕の手が出たのが先で、殴る蹴るの応酬になったのを周りから止められた。肋骨を骨折したドラマーが裏でほうぼうに、盗人がいつか問題を起こす前に辞めてやると言い回り脱退していったため、一緒に歩く面々も曖昧な笑みを見せながら、あったねそんなこと、等々うなずいた。打ち上げ荒らしの女きっかけで喧嘩とかホント地獄、と一人がつぶやいたが、流した。そしてさきほど合流してきた二人組が思い出したように、人形遣いの女性が一人で立っていたことを話した。彼女に五寸釘を打たれたバンドの面々は無事に逃げおおせたようだ。

駅に向かう者たちがいて、タクシーに乗る者たちも各々《おのおの》の方面に適した乗り場を求め散り、やがて僕は大通りで一人になった。信じがたいことに、僕を出待ちしていた人は、一人も現れなかった。帽子をかぶっているがマスクはしていない。特定の場所に出入りすることがわかりきっているのにもかかわらず、入り待ちや出待ちのファンが一人もいないことなど、一〇年ぶりくらいのことであった。ただ元に戻ったわけではない。若くてなにももっていないのと、若さを失おうとしている年齢でなにももっていないのとでは、一見似ていても、状況はまるで違った。

停車したタクシーの荷台にギターケースを置き、リアハッチを閉めたところで、そこに何かが当たった。足元に、僕の靴より少し大きい物体が落ちている。屈《かが》んで見るとそれが人形《ひとがた》の、五寸釘を打たれたキルトのぬいぐるみだとわかり、後ろを振り返った。

ちょうど街灯と後続車のヘッドライトが逆光になり、顔まではよく見えないものの、三メートルほどの距離をあけたところに、立ったまま動かない女性の姿がある。僕は全身が総毛立ち、車内に乗り込み車を出してもらった。行き先を告げ後ろを振り返っても、人形のシルエットはそのままだった。ギターケースを持ち帽子をかぶっていた僕のことを、件のバンドのギタリストと勘違いしたのだろうか。それとももう、四人組バンドの全員は五寸釘で串刺しにされてしまい、続け様にその衝動を僕にもぶつけてきたのか。

人違いだったという憶測に徐々に納得しつつも、しばらくすると僕は、結局のところ自分は誰からも追いかけられていないのだというもっとおそろしい事実に、直面せざるをえなかった。自分が、徐々に社会から必要とされなくなっていっているという居心地の悪さに押しつぶされ、着いた先で後部座席のシートから立ち上がれないような気がした。

祝日の昼過ぎに絹歩は出かけて行った。友人と一緒にランチを食べたあと、お笑いのライブを観に行くという。この前は〝帰国中〟のユカに誘われ、ユカが最もひいきにしているのとは別のK－POPアイドルグループのコンサートの東京公演に、ユカの母親もふくむ三人で足を運んでいた。とても楽しんできたようで、絹歩はグッズもいくつか買ってきた。

家で作業していた僕はふと、今取り組んでいる仕事を、だらだらとやっていることに気づいた。どこかで演奏する仕事と違い、音楽作りは終わりもないままに際限なくやりこむことができてしまう。いつまでも細部の質を高めようと作業した結果、洗練させる、といえば聞こえはいいが、前より曲が複雑になっただけだったということもあった。

幸いにも今日は仕事以外の用事もある。一〇年ほど前まで続けていた映画館アルバイト時代の知人たちと、東京ドームへ野球を観に行くのであった。準備をした僕は、帽子をかぶり家を出る。今日は皆で酒を飲むだろう。だから車ではなく、駅へ向かっている。映画館で働いていた当時の男女比は半々ほどであったが、年月が経ち今たまに集まろうとすると、顔を出すのは男ばかりとなっていた。

街道に出るまでの小路を歩いていた僕は、後ろからの足音の接近に気づき、道の真ん中あたりから左側へ寄った。すると、グレーのTシャツにネイビーの短パンを穿いた大柄な男が、右側を通り過ぎようとした。僕は歩くのが速く追い抜かれることが珍しいため、どんな人間かと反射的に見てしまう。暑さと湿気のある日にキャップをかぶりマスクをつけているのは、Tシャツ短パン姿で涼しさを求めている人間の格好としては矛盾しており、怪しさが漂っていた。

とにかく顔を隠そうとする意図がある。かつて真夏日にも同じことをやってきた僕には、それがわかった。

ポケットからスマートフォンを取り出した男の歩行速度がいくらか遅くなり、僕は彼を追い越しながら、横顔を見る。太い眉に寄り気味の目、キャップの下にのぞく癖の強い黒髪の組み合わせに、見覚えがあった。ここ最近、テレビにやたらと出るようになった、お笑い芸人だ。コンビで活動していて、彼がなにかやったりやらされたりしている姿を、何度も見ていた。

彼が、有名人の正体か？

真っ先に、白ニットカーディガンの女が連想された。彼女は、このお笑い芸人を追いかけているんじゃないか。

僕は歩みを遅くし彼を先に行かせ、斜め後ろからその姿態を捉える。サンダルを履き、片手には小さめのレジ袋を持っているだけだった。友人や女の家に行くにしてはあまりにも軽装すぎて、この道を熟知しているかのような迷いない歩きぶりからも、近くに住んでいる気配が濃厚だ。緩いくの字の曲がり道を通り過ぎたあと咳をして、それに交じって発された地声の質感も、テレビで聴いた声と比べ違和感がなく、やはり本人だという確信をえた。

　僕はかぶっていたキャップのつばをかなり上げ、彼の顔を見ながら早足で通り過ぎようとした。最近急に売れだした彼も、七〜八年前から数年間の一時期有名になった僕のことを、知っているだろうか。すると彼のほうも見てきたが、自分が気づかれたと思い警戒したのかすぐ目を逸らし、僕のことを二度見もしなかった。

　早く絹歩にも伝えたいと思いながら歩いていると、歩調を速めた大柄なお笑い芸人に僕は再び追い抜かれた。そして彼は街道につきあたってすぐのところに停まっていたタクシーに乗り込み、「迎車」の表示から「賃走」へ切り替わると、目の前から去って行った。彼が有名人であることは、もはや疑いようがない。タクシーの運転手や、タクシーを手配してくれる仕事相手たちに自宅住所を知られることを警戒し、自宅から少し歩いた場所にタクシーを呼ぶという安全確保の術《すべ》は、僕も人気者だった当時は日常的に使っていた。

　お笑い芸人の彼は仕事へ向かったとして、必要な衣装等は出先でスタイリストやマネージャーたちが用意してくれるのか。だとすれば、家の近所をほっつき歩くだけのような格好でも、問題なく仕事に行けるだろう。そんな周囲のお膳立てだって、人気者のうちは当たり前のようになされる。まるで、あの頃の自分を見ているようだった。

　電車で東京ドームへ向かいながら、僕は絹歩へ報告した。

〈そうなの？　近所にいたんだ…〉

少し経ってから返信があった。とっておきの情報を伝えたわりには、僕はあまり満足していなかった。お笑い芸人の彼が、僕の顔に気づかなかったからだろうか。それも少しあるだろうが、そうではないような気がする。

白ニットの女は、彼女が追いかけているのであろうお笑い芸人が、あの小路近辺のどこかに住んでいるという確信を、得られているのだろうか。もしそうでないのだとしたら、ぜひとも、真実を教えてあげたい。追いかけられる側のストレスを知っているにもかかわらず、追いかける側の応援をしてあげたいと思っているのは、おかしなことでもあった。

腹の出っ張りを解消すれば、醜くなる未来から遠ざかり、自分の過ぎ去った時間を巻き戻せると確信しているかのように、僕はジムで一生懸命運動しサウナに入ったあと、脱衣所で寝間着に着替え、帰路につく。街道から自宅へと至る小路にさしかかると、前方から白い自転車に乗った警察官がやって来た。僕の顔に前照灯が当たり、警察官は僕を不躾に直視しながら異様にゆっくりとした速度で通り過ぎる。数歩行った先で、不審者注意の貼り紙を横目に見た。その成果もあるのか、着いた低層マンションのエントランス付近や向かいのアパートに、誰の姿も見えなかった。

絹歩はもう寝室にいた。彼女がリビングのスピーカーでかけっぱなしにしていたストリーミング配信の音楽をそのままにし歯を磨いていると、なにかのプレイリストに沿って再生されているのか、さっきまでとは違うアーティストの知っているメロディーが流れた。僕はにわかに緊張した。今度また来日公演をする海外アーティストの曲だった。

僕が数年前に作曲した当時のバンドの曲が、その海外アーティストが大昔に作った曲に似ていると、ネット上の一部で話題になっていた。先日バンドで集まった際、まだつきあいの浅い年下のキーボーディストに言われた。盗作なわけがないだろ、と僕が一蹴すると向こうも、そうっすよね、と笑った。ただ、元ネタとされる海外アーティストの曲を、僕も知ってはいた。よくあるコード進行で、ヴォーカルのメロディーとドラムの一部がたしかに似ていた。全然知らない曲ならいざ知らず、僕も耳にしたことのある曲との類似性を指摘され、心穏やかではいられなかった。

僕はある意味、開き直ってもいる。ポップス曲としての長さがなんとなく定められ、心地よいコード進行の中でメロディーとリズムを作ろうとすれば、部分的に似てしまうことくらいある。似ている別の曲に引き寄せられてしまうことだって、無意識下でも起こるだろう。それまでの人生で、無数の曲を聴いてきているのだから。作曲AIも、オンライン上の古今東西の音楽を人間とは桁外れの数インプットし、学び続けている。

僕の音楽活動はそもそも、学校で既存曲をコピー演奏したのが始まりだ。紙のスコアを広げ、集中力が続く範囲で、先人たちがやってきたことを非効率的なやり方で模倣してきた。自分はＡＩの劣化版なのだろうか。不完全なところを人間の味ということにして、オリジナルな存在として振る舞っているだけという考え方も、できなくはない。

ひょっとしたら絹歩は、追いかけの手練れでインターネットを上手に使うから、僕に関する小火《ぼや》程度の疑惑を知っているかもしれない。というより知っているのだろう。だが彼女は僕を追いかけてきた僕の味方だ。理解している、という態度すらおくびにも出さず、理解してくれている。

寝室へ行くと、ベッドに寝転がった絹歩から、先日ユカとコンサートに行ったという韓国アイドルのパフォーマンス動画を見させられ、続けざま、近所に住んでいるはずのお笑い芸人の、コンビでのネタ動画を再生された。ネタも結構しっかりしてて面白いよね。絹歩の述べる感想に僕もうなずく。小路を歩いていたときの彼は、テレビのバラエティ番組で理不尽な目に遭ったり突拍子もないことを言う軽めな印象とは異なり、当然ながら自分たちが披露するネタのことくらい日々真剣に考えているだろうと思わせる、寡黙な雰囲気を放っていた。

「絹歩はこの人たちのライブにも行くの？」

「行ってみたら面白いんだろうけどね。でも今、テレビの仕事しかしてないんじゃないかな。それに、川島とかユカとか、あの人たちと一緒にすでに他のライブに行ったりしてるから、私も休みの日の予定は埋まってて」

同棲し始めてからつい最近まで、絹歩は僕の前でそういう面を見せてこなかった。そのことを指摘してみる。

「なんだか最近、ウジンの両親と挨拶まで済ませたユカとかを目の当たりにして、ちょっと触発されたのかも」

絹歩がそう言い終えたのと、スマートフォンから観客たちが発する一斉の笑い声が鳴ったタイミングが重なった。

「ところで、ユカちゃんはウジンの両親にまで挨拶してさ、他のファンたちから五寸釘やられたりしないの？」

「大丈夫じゃないかな、両親のカフェに行ってるファン自体は大勢いるわけだし。最近、ウジンと変な写真撮られたインフルエンサー女のアカウントに向けて、焚き上げ動画の祭りがあったみたいだけど」

僕はあの日ライブハウスから帰るタクシーの車中から、例のバンドのドラマーにメッセージで乗車時の顚末《てんまつ》を教えた。すぐ電話がかかってきて、笑って謝られた。帰宅し絹歩にも同じ話をすると、キルトのぬいぐるみに五寸釘を刺す行為は二年くらい前から界隈で知られるようになり、真似する人たちもいて、韓国ではそこから派生し藁《わら》人形を使ったり、藁人形を燃やす焚き上げというパターンも出てきていると教えてくれた。追いかけている対象を投影させつつ強いメッセージを送ったり、戒めたりする意味合いより、追いかけている対象と親しくなった邪魔な異性や有名人を戒める意味合いのほうが強いらしい。自分も実際に五寸釘のぬいぐるみを投げつけられたしな、と僕が言うと、え、だからそれはただ他バンドのギタリストに間違われただけでしょう明らかに、それ以外ではないでしょ、と絹歩から言われた。僕は話題を変える。

「それにしても、ボケの彼がこの辺に住んでるよって、白ニットの女に教えてあげたいよね」

「でも私なんか彼女のこと帰宅時間帯にも見てるし、普通にこの辺に住んでるだけかもしれないよ」

　そう返事した絹歩はお笑いコンビのネタ動画の再生を止め、ＳＮＳアプリを閲覧しだした。僕はつい今し方口にしたことの意味をふりかえる。ここ最近、誰かが誰かを追いかけている事象はすべて、僕の中で、あの白ニットの女へと結びついた。お笑い芸人がたしかにこのあたりにいることを伝えるため、彼女本人を探しているというのもあるが、彼女から漂っている雰囲気やイメージを、しょっちゅう自分の記憶の引き出しからたぐり寄せている気がする。

　僕はお笑い芸人の彼を通して、数年間続いたあの頃を追体験したいのか。白ニットの女に追いかけられる存在になりたくて、いつの間にか彼女を追いかけているのか。思い返してみれば普通、道ですれ違ったからといって、同伴者を置いてまで、走って追いかけたりはしない。

白ニットの女に――ストーカーに追いかけられたいというのとは、少し違う。誰かが誰かを追いかけているのなら、成就するなり、怖がるなり、なにかを感じるくらいはしてほしい。それが、生きているということにほかならないのだから。彼女を追いかけようとすると、自分の全盛期だったと認めざるをえない頃の、刹那的でぞくぞくするような感覚が、僕の中で少し甦《よみがえ》るようだった。

隣で横たわる絹歩はいつの間にか静かになっていた。さきほどの印象だと彼女は、白ニットの女への関心をほぼ喪失しているようだった。僕にとって、あの白ニットの女より、おおよそ三年一緒に暮らしてきた絹歩のほうが魅力的である。そうであるにもかかわらず、白ニットの女には絹歩にはないものがあり、それに浸ろうとすると、心地良いのだった。そして不思議なことに、今こうして眠り、言葉を発さない顔を見ていると、絹歩にも、白ニットの女のような妖しさと求心力を、わずかながらも感じるのであった。まるで、全然知らない人のようにも見えた。


日曜の午後、魚介類中心のコース料理をあらかた食べ終え、デザートを待っている間、僕ら三人は絹歩を中心として話に興じていた。絹歩とその同居相手の二人で行ったお笑いライブから派生した話をしている。葉山の海沿いにあるレストランはほぼ満席で、僕らと同じようによそから車で来た感じの客たちも多く見受けられた。人気のこのレストランへは車じゃないと行きにくいということで、午前中に僕が車を出し、二人の住む賃貸マンションン近くの車を停めやすいコンビニまで迎えに行き、連れてきたのだった。

実家を出る友人の川島と少しの間同居することになったと、ある日絹歩は言い、必要な荷物をまとめ僕らの住む公園近くの低層マンションから出て行った。あれから一ヶ月半が経つ。

ずっと都内の実家暮らしだった川島は、僕とほぼ同じ目の高さの、女性としては大柄な浅黒い人物で、縁の目立たない眼鏡をかけ、言葉を厳選し落ち着いた口調でしゃべる。ただそんな川島は雰囲気とは裏腹に、住居の契約だとかの手続きや、家事全般についてもずっと親にやってもらってきたこともありなにもできず、野菜を洗剤で洗っていたと絹歩が笑いながら話していた。子離れできない両親のもとで三〇年暮らし続けた川島であったが、父親と喧嘩し、家を出たとのことだった。引っ越し経験豊富な友として、一人暮らしについて相談を受けていた絹歩は、面白そうだからと二週間くらいだけ川島と一緒に住み、その間も二つの家を行き来すると当初は語っていた。以前の頻繁な引っ越し癖が復活したのか、同性との生活が思いのほか楽しいようで、僕らの家には全然帰ってきていない。今日のこのドライブも、僕が会おうと連絡し続けた挙句、ようやく提案され実現した外出だった。よく洋画なんかで見る、共同親権の面会交流みたいに感じられた。

お笑いの話を交わしているうちに、僕が見かけた芸人の話になり、「高円寺に住んでる、って本人がラジオで話してたよ」と絹歩が口にした。僕が住んでいる街とは違う。

「それ、前に住んでたってだけじゃない？　今は引っ越して、フェイク情報流してるんだよ」

「ううん、繋がりのある他の芸人さんたちのラジオを川島とも聴いたけど、やっぱ高円寺っぽいよ、本当に。私の調べた限り、新高円寺駅寄りの、環七の西側ってところまではわかったんだけど。……フェイク情報といえばさ、すごいよね、ユカ。嘘が真になっちゃうって感じ？」

「……ちょっと違うんじゃない？　勝てば官軍……いや、これも違うか」

絹歩が言ったことに対し川島が受け答えし、そうするのが会話上の役割であるかのように僕のほうを見た。ユカのなしとげたことについてもっと適した言葉がないかと僕も考えてみるも、思い浮かばない。この話題は行きの車内で運転をしているときにも聞いていた。

ユカは韓国の男性アイドルと韓国で、かなり親しい仲になることに成功した。肉体関係ももったらしい。韓国の掲示板やSNSを自動翻訳して読むと、ファンの韓国人たちからなる特定班が、男性アイドルとのツーショット写真を撮られた謎の日本人の素性を暴こうと、日本にまで捜査しに来ているのもわかった。五寸釘や焚き上げの儀で怒りを表明しているファンたちも複数人いた。三巡目くらいのこの話も、絹歩と川島は散々交わしたのであろうから、僕に教えるように絹歩は話す。まあでも、肉体関係をもって一緒に過ごしたからって、勘違いしてあんまりいつまでも執着してちゃ駄目だよね。絹歩の言葉に僕も、ウジンは有名人だし、ユカもそれくらいわきまえてるでしょうと言うと、はぁ？　ウジンがユカに執着する可能性のことも言ったんだし、執着に有名も無名も関係ないよ、と怪訝《けげん》そうに返された。

食事のあと、三浦半島を反時計回りに進み、南端の城ヶ島公園や横須賀にも軽く寄ってから、明日は仕事だという二人を送る。高速道路に入ってしばらくすると、後ろの二人の会話を何の気なしに聞いていた際、川島が「コウノ」という名前を口にし、まるで車内にいるその人に向かって話しているかのような感じがした。絹歩が小野《おの》という苗字をコノと呼び間違えられていた現場に居合わせたことは何度かあったが。ごく短い間に二回くらい発せられたコウノはその後耳にしなくなった。それにしても、僕は川島とほとんどしゃべっていない。彼女から心許されていない感じがするのは、何故なのか。僕について知ろうとすれば、ネット情報にでも触れるか、絹歩から話を聞くしかない。

やがて、左側の路側帯で警察に止められている赤いフェラーリの横を通り過ぎた。白いフェラーリを見たのは、京都の山道でだった。一緒に走っていた滋賀ナンバーの水色のマクラーレンを運転していた男は、もうこの世からいなくなっている。

最近、大規模犯罪ネットワークの指示役だった三九歳の男が香港で逮捕された。その男による殺人教唆でネットワーク内の何人かが亡くなっており、うち一人が、水色のマクラーレンの彼――京都のホテルで僕と絹歩が見かけた男だった。週刊誌記事に詳しく載っていた。大阪府内の廃工場の駐車場で、愛車のシートに座ったまま亡くなっているのを発見されたのは少し前だった。大量の酒と睡眠薬を飲まされた後、一酸化炭素中毒で殺された。誌面に掲載されていた僕より一〇歳下だった彼のSNSの顔写真を見た際、思わず声が出た。顎と眉の雰囲気が僕に似ており、絹歩から似てると指摘されたのを思い出した。しかもその写真は、あの日京都のホテルのプールで、スタッフの誘導に従い僕らが撮ってもらったのと同じ構図で撮られた写真だった。それと水色の車体にモザイク処理されていない「滋賀」の文字もあわされれば、同一人物であることは確定していた。マクラーレンの彼も、上からの指示で自分より下の者たちへ指示を出しており、詐欺や窃盗で他人から多くを盗み、逮捕寸前だったと誌面には記されていた。

「ありがとうね送ってくれて。じゃあ、バイバイ」

今朝と同じコンビニの駐車場で絹歩と川島をおろすと、見送る彼女たちに半ば促されるように僕はアクセルを踏む。大通りに出たとき、僕はひとつのことに思いを馳せていた。

結局今日も、絹歩に訊きそびれてしまった。

男二人、女一人のとあるスリーピースバンドのライブの打ち上げの席に、絹歩がいたのだという。そのバンドのライブにサポートで入っていた親しいキーボーディストが、会ったとき僕に伝えてくれた。彼もいた少人数の飲みの席で、僕は絹歩を同席させたことがあった。

また、絹歩は追いかけ始めたのか。しかも信じ難いことに、キーボーディストに気づいた絹歩は、このことをしゃべってもいいですからね、と言ったのだという。僕はそれを、最後通牒、あるいは宣戦布告と受け止めるべきだったのかもわからないまま、今日を迎え、結局絹歩に訊けなかった。こうも距離が空いてしまっては、その質問も僕ら二人の関係性を不用意に脆《もろ》くする可能性をはらんでいた。それにキーボーディストを通しての絹歩の発言が、最後通牒どころか僕不在の降伏文書調印式のようにも、今一人になってみると思えるのであった。今日だってコンビニの駐車場に送迎しただけで、川島と住むマンションの名前や正確な住所は教えてもらっていないし、そもそも本当に一緒に住んでいるのかもわからない。そしてなにかから目をそらすかのように、僕は本気になってそれを問い質《ただ》そうとはしていない。

自宅まであと二〇分ほどの距離になった頃、まだ少しだけ日の残っている時間帯に一人帰宅するのも気が塞《ふさ》ぎそうで、駐車場があるカフェチェーンの店舗へ寄ることにした。晩酌前の夕方の時間帯、月に二、三度、車で行っている店だ。駐車場は二台分空いていた。

二階の窓側席からちょうどカップルが立ち去るところで、コーヒーを手に持った僕は好みのその席へと入れ替わりで座る。少しだけ我慢すれば飲めるくらいの適温になったコーヒーを飲みスマートフォンをさわり、検索したり物思いにふけったり、思いついたことをメモに書き留めたりする。しばらくするとカウンター席の空いていた左隣に、ワンピース姿の女性が腰掛けた。気配を感じ僕も顔を向け返すと、三〇代前半と見えるその女性の顔を、僕は知っていた。

「どうも」

「あ」

「お久しぶりです」

数年前まで、ライブ会場の出入口や打ち上げの店、当時の僕の家のドア前といった各地で、何度も僕の前に姿を現していた女性だった。気づけばいなくなっていた昔のファンが突然、今の僕の生活圏に現れた。彼女が持っている透明のプラスチック容器に入ったアイスの飲み物は、残り少ない。

「お久しぶりですね」

相手に突然来られると機転がきかないのは相変わらずで、僕は鸚鵡《おうむ》返《がえ》しした。すると彼女は用意していたかのような、目に変化がない不思議な笑みを浮かべ、私結婚したんです、と言った。

「結婚……よかったですね。おめでとうございます」

「ありがとうございます」

礼を述べながら彼女は、お腹を触った。黒くゆったりとした服でわかりにくかったが、よく見ると少し大きい。

「ものすごく成功している、自分と同い年の経営者と、結婚したんですよ」

短く力強く、なにかを宣告するかのように彼女は言った。

「苗字も変わったんですよ、アイダからシマザキに。……あ、でも途中からは、チハヤ・サキって名乗ってましたね、そういえば」

彼女はそう言い、一人で笑った。僕も曖昧な笑みを返す。彼女はNGリスト入りしたことがあるらしい。それともあの頃は忙しくて覚えていないだけで、僕がNGリストに入れたのか。ともかくそれ以降も、偽名でチケットを取ったりしてくれていたようだ。

「あと、当時はご迷惑をおかけして、すみませんでした。私も未熟で、冷静じゃなかったんです。他何人かの女性たちには、当事者の方々が困るくらいすごくしつこくしていらっしゃるようなのに、なんで私のところに来ないんだろうって、憎むくらいに悔しがっちゃったんですけど。憑き物が落ちた今となっては、なんであんなことを、って反省してます。……でも、出会えたこと自体には感謝しているんですよ。そのおかげで、源流にある様々な音楽も知れましたし……」

彼女はいくつかのアーティストの名前を口にした。すべて、バンドのインタビュー等で一度も口にしたことのない、僕が盗作したとの疑惑をもたれたことのある曲のアーティストたちだった。バンドの地位を高めるのに貢献した曲ほど、これまでにも度々小火程度の盗作疑惑をもたれてはいたが、大勢に聴かれるということはそれだけ変な聴かれ方もする。彼女は待ち伏せの末久々に再会した僕に対し、なにかを求めてくるわけでもなく、手短に挨拶をし去って行った。階段のほうへと消えてゆく彼女の顔を僕が見送っても、彼女は僕を一度も見ない。まるで、僕への復讐と謝罪、厄落《やくお》としをまとめて果たしたかのような様相であった。

いつも車でしか行かない幹線道路沿いのこのカフェを探り当ててくるとは。彼女の探偵のような能力は健在だった。お腹に負担をかけない範囲で、さらっとやったのだろう。どうせ今の自宅も知られているはずだ。そこに直接踏み込まれなかったのは情けか、あるいは胎児を抱える身としてカフェにいるほうが楽だったからか。そして、彼女とももう今後二度と会わないような気が僕にはした。そんなふうに思うのは初めてだった。良いことも悪いことも、物事には終わりがあるのだと、以前は考えもしなかった。

彼女から、過去の行いを謝罪されたことが、強く引っかかっている。彼女たちにとっては、一時的にでも僕を追いかけたのが、詐欺に引っかかったみたいな愚かな過ちというふうになっているのだろうか。その線で自分を捉え直してみると、音楽シーンの歴史に残るほど歌やギターが巧《うま》いわけでもないミュージシャンが、バンドというまとまりごと、業界関係者の協力のもと実体より良くみせてもらって、周りに幻想を与えた。綻《ほころ》びからあっという間に多くが瓦解すれば、そこには元の僕しか残らない。

窓越しの眼下に見える駐車場からちょうど、水色のポルシェのSUVが道路へ出て行った。彼女はあれを自ら運転しているのだろうか。片側三車線道路の流れに乗り、水色のポルシェはすぐ見えなくなった。

一つの疑念が、僕の頭になんとなく在り続けていた。滋賀ナンバーの水色のマクラーレンの、僕より一〇歳若かった彼は、なぜ死んだのか。悪事をはたらいていた繋がりで上の者の逆鱗《げきりん》に触れたという、一応の説明がつく理由はわかるが、もっと奥にありそうな本質的な理由がわからない。

その時代に生まれた彼の境遇で、なにかをつかもうとしたとき、詐欺のような犯罪行為しか彼にはなかったのだろうか。仮に僕が、彼と同じ時代に生まれていたら、今頃なにをしていたのか。AIを使って作曲でもしようという意欲をもてていたのだろうか、はたまたそんなことに意欲がわかないのは今の僕と同じで、それでもなにかをつかみたいという山っ気だけは強いままに結局、知的財産を侵害しまくって稼ぐコピー人間たちや、マクラーレンの彼と同じような犯罪行為に手を染めていたという可能性もありうる。ともかく現実のこととして、マクラーレンの彼は僕より遅く生まれたのに、仲間内や世間から必要とされなくなるのも、そして死ぬのも、僕より早かった。

因果応報という概念は、現実世界で思いの外《ほか》、ちゃんと機能しているのかもしれない。人は、過去にやってきたことの延長線上に定まっている未来の結末から、自分の望むように逸脱したり逃げたりすることも、できないのではないか。マクラーレンの彼は、彼自身が必要とされなくなり早く死ぬという運命から、逃れようがなかった気がしてならない。

自分は、報われる側と報いを受ける側のどちらにいるのだろう。それを考えうすら寒さを覚えた直後、そのこと自体に不安を倍加させた。やがて店を出て駐車場に停めてある車に向かったとき、運転席側のフロントタイヤの前に大きな釘が落ちているのに気づいた。足ではらい、運転席に座った。

録音スタジオで仕事後、普段行かない道路沿いのスーパーに寄り、駐車料金を無料にするためつまみ類も豪華に買いそろえた僕は、帰宅して早々に晩酌する。連日続いたとあるサポートの仕事をさきほど終え、サポート相手である年上のベテランミュージシャンから、プロジェクト完了のお礼としてシャンパンを一本もらっていた。相手の要望が多く面倒だった仕事で、それが終わったことの区切りを自分でもあらためてつけようと、栓を開ける。つけたテレビでやっているバラエティ番組には、家のそばで見かけたあの大柄な芸人もコンビで出ていた。こいつ、ただ仕事上で関わって優しくしてくれただけの女性が、自分に気があるんだと思いこんで、上から目線で告白してフラれてるんですよ、しかも同じことが三回も。相方からの暴露に、彼は先輩芸人たちからも突っ込まれ、ひと盛り上がりし、僕も笑う。急ピッチで飲んでいると、一人の空間でもそれなりに愉快な気分に浸れた。

缶の酒も一本空にしたあと、グラスに残っていたシャンパンを口にふくむ。ぬるくすっかり気が抜けていた。僕は舌先から、京都の山々に浮かんでいるようだったプールを思いだす。絹歩と行き、もうこの世にいない水色のマクラーレンの男も来ていたホテルのプールだ。縁がないように見えるプールの水面は波もたたず、天空や山肌を鏡のように反射していた。

絶景のただ中にある寝椅子に横たわった絹歩は、この世の天国のような場所にいながら、スマートフォンの小さな画面を通し、他の場所にある別の天国を見て、憧れていた。

一度強めに目をつむり、開けてみる。僕がいるここも、絶景の天国みたいなところなのだろうか。たぶん、そうなのだろう。今までの人生を振り返ってみて、冷静に考えれば理解はできるが、そう感じることはできなかった。宝の持ち腐れのような袋小路に、僕はいた。

水を飲んでしばらく経ち、素面《しらふ》に戻ったと感じたときに時計を見ると、一〇時半をまわっていた。一週間近く行けていなかったジムへ行くことにする。準備運動を兼ね非常階段で一階へ下りると、エントランスの外側に白ニットの女がいる気配を強く感じた。

自動ドアが開き外に出た。僕の視界に、それらしき人の姿はない。ただタイル張り花壇の縁の一部分だけ、落ち葉や埃がはらわれており、誰かがそこに尻をおろし座っていた形跡があった。

向かいのアパートの敷地を見渡しつつ、小路に出て周りを見ると、笑い声の大きな明るい髪色をした学生風の女と、彼女におされがちに見えるがスポーツでもやっていそうな日焼けした若い男の二人が、話しながらのろのろと駅方面へ向かっている後ろ姿があった。

楽しそうだな、と僕は感じながら彼女らを追い越す。人生で未体験のことが多く、どんな小さなことでも心を躍動させられる者たちの声色だった。追いかけている人がいるのなら、追いかけられている人も、日常の彩りを大切にするように、少しくらいはその存在を知覚してほしいと僕は思う。

しかし、今をときめく人気お笑い芸人の男を見つけて以降、僕は白ニットの女を見かけなくなった。

なぜ、再びの機会は訪れないのだろう。お笑い芸人と、彼を追いかけていた彼女も、まるでそっくり消失してしまったかのように。

ジムのある駅方面へ歩きながら、僕は考える。白ニットの女はお笑い芸人に会ったものの、追いかけることをはっきりと拒絶され、もう追いかけなくなったのか。もしくは僕と絹歩のようになんらかの関係性を築き、時間を湯水のように費やし追いかける必要がなくなったのか。

この街のこのあたりに、二人はたしかに存在した。その二人を、一つのまとまりとして認識しているのは、僕だけということも考えられた。

実際のところ絹歩は、この話題についてどれほどの興味をもてていたのだろうと、今更思いもする。そして僕は先日のドライブで、後部座席にいた川島が「コウノ」に向かって数度話しかけていたときの雰囲気を思いだす。旧友同士のあの円滑な会話の中で、コウノはあそこに登場し、すぐ隠された。海外旅行の際は航空券やホテルの手配も絹歩がやってくれたから、彼女のパスポートを見たこともない。否《いな》、郵便物の件も含め、考えたことはあった。パスポートを見るチャンスもあったが、見ようとはしてこなかった。意識から遠ざけるかのように。小野《おの》が、コウノという別の名を呼ばれてしまった際に備えた偽名だったとして、それだとまるで僕のほうがずっと警戒されるべき存在だったみたいではないか。おかしな話ではあるが、あの妊婦からわざわざ厄落としにまで来られたカフェでのことが記憶に新しい。

はっきりと見えてきた街道に、支払い表示のタクシーが停まっていた。このあたりは一方通行だらけのため、運賃の節約や運転手への配慮で街道沿いに停める人が多い。それに目をやりつつ街道につきあたろうとした僕の前を、マスクに帽子にサングラスの男が、左から右へ横切った。

夜中なのにサングラスは怪しい。その手口には僕も覚えがある。やはりあのお笑い芸人か。僕はT字路をジムのある左ではなく、駅から離れるように右へ曲がった。

三メートルほど先を歩く男の背丈は僕と同じくらいだ。すぐに、お笑い芸人の男はもっと大柄であったという視覚的記憶を蘇《よみがえ》らせた。晴れていたあの日、大柄な男は今さっきタクシーが停車していたのとほぼ同じ場所からタクシーに乗って行った。

よくよく考えれば、僕が大柄な男をあの人気お笑いコンビの片割れだと思ってきた根拠は、ただ一度、マスクに帽子の軽装の男がタクシーに乗ったのを見たという事実のみであった。彼《か》のお笑い芸人がここではない違う街に住んでいるという本人談や絹歩からの情報は、本当なのか。もしかして白ニットの女は、彼のことなどまったく意識していないどころか、認知すらしていないのか。

だとしたら、今僕が追いかけている男は誰なのか。

あのお笑い芸人でないにしても、絶対に顔を見られたくないとする、目の前を歩く彼は有名人か犯罪者かのどちらかだ。僕の探究心は依然として継続している。そして、有名人とは犯罪者そのものだとも感じた。人から心やらなんやらを盗んだり人の心を殺したり、有名人が犯罪者みたいなことをしているのは当たり前のことだからだ。

男は街道から右に曲がり、長い一本道を公園のほうへと歩きだした。自宅から近くだが、僕には用がなく普段ほとんど通らない道だ。彼の顔がどんな有名人のものか思い描こうとする。真っ先に思いついたのは、一〇年遅れで生まれた僕みたいな水色マクラーレンの詐欺師で、眉と顎のあたりが似た顔はすぐに、五寸釘の刺さったキルトぬいぐるみへと変化した。不意に音と殺気を感じ後ろを向くと、無灯火の黒い自転車が至近距離を尋常ならざる速さで擦過《さっか》し、指がハンドルバーにわずかに当たった。実体のある幽霊に襲われかけたように感じたが、自転車に気づかれなかった僕のほうが幽霊なのか。たしかにこれまで、顔を隠そう、隠そうとしてきたが、今は帽子もマスクもせず暗闇に真っ白な肌をさらしている。

先を行く男に怪しまれまいと忍び足を意識していると、進行方向右手に見えるアパートのブロック塀が途切れ、一階手前の部屋の玄関から漏れる光と女が見えた。さっき僕が家を出たときに、若い男と一緒にいた笑い声の大きな学生風の女だ。僕はコの字を描くように歩いてきたから、ここで見かけてもおかしくない。古びた二階建てアパートの一階道路側の部屋に入ろうとする彼女は玄関扉を開けたまま、中にいる別の女性と大きめの声で話している。駅へ向かった男とは別れ自分だけ帰宅したのか。会話の間合いからして友だちというより親族同士だ。ベランダの物干し竿には黒い綿パンツやベージュの上着がかかったままで、盗み見をやめようとしたとき、若い女と入れ替わりでハーフパンツにロングTシャツ姿の女が、自治体指定のゴミ袋を持ち出てきた。僕は思わず歩みを遅くし、目を凝らす。

その顔を、何度も見ていた。白ニットの女だ。

築年数の古そうな、玄関扉を開けてすぐ居間というアパートの一室に、家出少女風の格好の妹と住んでいる。女は僕の気配に気づいているはずだがあえてなのか視線を返しもせず、共同ゴミ置き場に袋を置き部屋に戻ると強めに扉を閉め、施錠の音も聞こえた。

いつも同じ服ばかりだったのは、誰かに印象づけるためではなく、よそ行きの服をろくに買えない貧しさや収納スペースのない部屋の狭さによるものだったのか。さっき見た妹の彼氏が部屋にいる間、気遣った姉が外で時間をつぶしていたと考えるのは、自然だ。

追いかけていた男の後ろ姿は公園のほうに向かって遠ざかり、だいぶ小さくなっていた。歩きながら頭の中を整理しようとする。僕は、繋がりのない事同士をたぐり寄せ、無理矢理、自分の見たいように見ていたというのか。本当は誰も、誰のことをも追いかけていないのではないか。

だからといって、すべてが勘違いだったというわけでもない。たとえば絹歩は、彼女のほうから実体をともなってやって来た。絹歩と一緒に暮らしたのは、彼女から来て、逃れられないことだった。だからこそなのか、去って行くのも、自分でコントロールできなかった。否、やりようはあったということは、認めざるをえない。挽回しようにも悉《ことごと》く機を逃してきた僕は今や、彼女を追いかけるという選択肢すら剝奪されているように感じた。

路上のすぐ先に、釘が落ちていた。釘がこんなにも当たり前のように落ちているものだと、今まで気づきもしなかった。この釘は五寸釘を打たれたぬいぐるみとも、タイヤの前に落ちていた釘とも、なんの関係もない。別個の事物として、ただここに在るだけだ。

遠くで男が突然立ち止まり、後ろを振り返った。その間も歩いて近づくと、いつの間にかマスクとサングラスの外された真っ白な顔が見え、僕は息を止める。ほんの一、二秒目が合うと、男はまた歩きだした。

前に踏みだしているこの両足は、なにを追いかけてきたのだろう。醒めてしまうのは苦しく、力が抜けてしまう感覚に襲われた。同時に、これまで長い間抱え続けてきた漫然とした恐怖や焦燥感のようなものも、急に減衰していった。

この先に、誰かがいるわけでもない。人々から求められた過去の僕や、先行きわからない将来の僕と今の僕とを比べてくる人が身近なところに居るように感じてきたが、本当は僕以外にいないのだろう。あの頃の自分も未来の自分も、今の自分の中にしか存在しない。

緩い坂を下りはじめたのか、自分のようにも見えた男が、まるで足の先から削られているみたいに小さくなってゆく。公園の木々が成す漆黒の中にやがて消え、見えなくなった。僕は追いかけるのを、ようやくやめた。

シリコンの季節

全裸の女だ。

投棄場所としてもう何度目かの利用となる山道の谷側に、白い肌が見える。

不法投棄ゴミや土にまぎれた全裸の女の肌は月明かりの下、不自然なほどの白さを闇夜の中で浮き彫りにし、気泡緩衝材でぐるぐる巻きにされた仰向けの胴体部分からはみ出た顔の両目は開かれたまま、上から覗きこんでくる闖入者《ちんにゅうしゃ》と見合わせている。

二郎は身動きがとれなかった。

生きていないはずなのに、生きているかのような視線を向けてくる。

これまで相手にしてきた者たちとは、明らかに異なっている。

軽トラックの荷台に積んであるスクラップを投棄する目的もそこそこに、二郎は斜面を二メートルほど下り、ゴミ溜めに足を踏み入れた。古い家電やら錆びた自動車用品、用途不明の劣化した樹脂パネル等の上に、ぐるぐる巻きにされた女は横たわっている。他の投棄物の下敷きになっていないことから、遺棄されそれほど時間は経っていないはずだ。二郎は足下に横たわる女の顔をよく見ることができた。月明かりで張りのある肌は白く輝き、触《ふ》れなくとも弾力があるのがわかる。長いまつげはカールしたままで、大きな目も白く澄んでいる。切断されることなく四肢は揃っており、とても綺麗な状態で遺棄されていた。至近距離で見ると、目の焦点が自分と合っているのかどうか二郎にはわからなくなる。艶やかなセミロングの黒髪の上を、銀色の小さな甲虫が歩いていた。

ゴミの中に在《あ》るからこそ、生命体であるかのような存在感の強さと美しさは際立つ。二郎は緩衝材で巻かれた胴体部分に右腕をまわす。足場の不安定な場所で抱えるそれは、四〇を目前に不摂生《ふせっせい》と労働でところどころガタのきた身体にはかなり重く感じられた。露出した踵《かかと》が削れぬよう両手で抱え直し、二メートル弱ある斜面を登る。

近づいてくるロードノイズに気づいたとき、二郎は軽トラックの助手席のドアを開け、身長一五〇センチほどの女をなんとか押し込んだ。身体を突っ張らせている女の様子は変だが、仕方ない。曲がりくねった道の木々で車体は見えないが、前照灯の明かりとロードノイズが下方から近づいてきており、警察によるパトロールという最悪の事態を想定している二郎は運転席に乗り込むとエンジンをかけ、火をつけた煙草《たばこ》を腕ごと誇示するかのように窓の外へ出し、左手に持った携帯電話を顔の左側に押し当てた。咄嗟《とっさ》の判断でできる限りのカムフラージュだ。産業廃棄物の投棄を追及されるのは社会的にマズいし、隠したい同行人もいる。ゴミ溜めの中に置いたままであったならば自分と無関係なものでしかなかったが、それを助手席に招いたことで、強い意味を有してしまった。

前照灯で窓やミラーを照らされ身構えた二郎だったが、速度をほとんど落とすことなく過ぎ去っていった車を見ると、古い型の黒いGT－Rだった。煙草をフィルターぎりぎりまで吸い終えると、エンジンをかけた車の尻を谷側へ向け、スクラップをすべてゴミ溜めに落とした。ほとんど埼玉の秩父《ちちぶ》寄りという東京の北西奥深くまで来ていた二郎は今日の仕事を終え、八王子方面へ引き返した。

社有車の軽トラックで八王子市西部の木造アパートに帰宅した二郎は、六台分ある駐車場の定位置に車を停めた。九つの大学を有する市内西部のここら一帯には田畑や低層アパートがあるばかりで、午後九時半過ぎの現在、街灯に照らされた静かな空間に人気《ひとけ》はほとんどない。二郎の住む二階建て木造アパートの全一〇部屋中、家賃未払いの入居者が二人、駐車場の無断使用者が一人いるとは家主である伯母《おば》から聞いている。

二郎は助手席から女を降ろすと数十キロの重さに耐えながら、外階段を二階へ上がる。住人の誰とも会わないまま角部屋の自室に入った二郎は、女を玄関の狭いたたきに立てかけ、ドアを閉め明かりをつけると一息ついた。

同じ素材でも身長一七〇センチ、体重も四〇キロ近くある先住者のアメリカ女と比べれば、一五〇センチほどの身長のこの日本人女はいくらか軽い。それでも三十数キロあるはずで、持ちにくい人型のものを抱え階段を上るのは、身長一六七センチの三九歳には辛《つら》かった。

緩衝材でくるまれた新しい女はそのままにし、息を整えがてら二郎は玄関に面した台所で手を洗うと、敷きっぱなしの二組の布団のうち片方、ぬいぐるみ製淑女の眠るほうへ横たわった。

「帰ったよ」

伏せ気味の目を覆い隠していた黒い前髪を、二郎は指で払う。綺麗な形の額《ひたい》にはソフトビニール特有の硬さと冷たさがあるが、首から下のぬいぐるみ製の肢体は柔らかく、二郎の体温を吸収し温かみを宿している。先月インターネット通販で買った一三〇サイズの安い喪服の生地ごしに、大きめの胸を己《おのれ》の胸でおしつぶす感触を楽しむ。布という境界を介してしまうとその下にあるのがぬいぐるみでも人間の皮膚と脂肪でもあまり関係なく、柔らかみに心を落ち着けられた。

ぬいぐるみ製淑女の温かみにほぐれた自身の身体の下腹部中央が硬さを有しはじめ、二郎は〝戸惑う〟伏し目淑女の右大腿部《だいたいぶ》にそれをおしつけながら、畳の上のプラスチック製リモコントレーに二本立てて保管しているシリコン製ホールのうち中型の一本と、海藻ローションを手に取る。淑女のスカートとパンツを左脚の足首までずり下ろし、水着と同じナイロン素材で覆われた股間部分の穴に、シリコン製ホールをねじこむ。二郎自身も作業着を脱ぎ捨て全裸になると、掌《てのひら》の上に垂らしたローションをホール中程まで、掌に残ったぶんはすべて勃起した己の男根にすりつけた。二郎は淑女の肩を抱き胸に自らの顔をうずめ、左手だけで女のうなじを撫でた。ソフトビニール製の頭部、スペイン産の人毛かつら、ぬいぐるみ製の本体、シリコン製の性器で成り立つ淑女の目は伏せられたままで、顔に見合った喪服のおかげか二郎は一段と興奮する。

「君は、いつも恥じらっているな」

頬を舐めながら、二郎はペニスを〝局部〟へ挿入する。

「衣装を替えただけで、またいやらしさを奔放にふりまいてしまって……」

身体を密着させた正常位で淡々とした運動を続けた二郎は、すぐに淑女の中で果てた。引き抜く際、内部に真空状態を保っていた非貫通式ホールの強い吸いつきを感じ、一瞬腰から力が抜ける。手ぬぐいでローションを拭うとシリコン製ホールを股間から抜き、淑女の上に身を預けた。しかしほどなくして、息の上がった全裸の二郎は額や胸、脇、足裏にうっすらと汗をかいてきて、ぬいぐるみ製の淑女が暑苦しく感じられた。

二郎は淑女から離れると、隣の布団にM字開脚で横たわるアメリカ女の脚に触れる。ヒスパニック系、あるいは日焼けした白人のイメージか、浅黒い肌の触り心地は柔らかく、それでいてひんやりと冷たかった。中子《なかご》の骨格と関節入りの身体は、人間ほどではないが自由に動かすことができ、もうだいぶ関節の緩くなっているアメリカ女の脚を真っ直ぐに閉じるのは苦もなかった。低価格衣料品ブランドで揃えたホットパンツに白いプリントキャミソールという格好は肌の露出も多く、二郎は女の身体に横から密着した。ぬいぐるみと違う冷たい肌が、心地よく感じられた。

もう、シリコンの季節だ。四月の半ばともなれば、ちょうどいいのかもしれない。保温力の高いぬいぐるみ製との夜は今日までで、これから初秋にかけては冷たいシリコン製を選ぶのが適している。二郎は首に継ぎ目のないオールシリコン製の一体型アメリカ女の、肌に浮いた油に手触りで気づくと、全身の露出した部分にベビーパウダーをパフでパッティングしていった。

きめ細かな肌になったアメリカ女の胸を右手で揉みながら、玄関のたたきに立ったままの新人を眺めた。

「彼女も、君と同じシリコンだよ」

アメリカ女はなにも答えない。二郎は透明の緩衝材にくるまれた新人の顔を見ていた。シーリングライトの白い光に照らされた状況にあっても、女の白い顔は整っている。

新人がどこのメーカーのどのシリーズの何年頃に作られたラブドールであるか、二郎におおよその見当はついていた。身長約一五〇センチ、体重三十数キロ、そして美少女めいた瞳の大きな顔立ちは、一三年前から数年間製造されていた有名なモデルの、関節の可動域が狭く固定もできないタイプだろう。現在勤めているバイク解体屋で働きだしてすぐ産廃不法投棄を任され、秩父で初めてウレタン製のドールを持ち帰ってから一年強の間に、ネットで知識を得た。

ウレタン製一体、ぬいぐるみ製一体、シリコン製一体を既に囲い込んでいる二郎でも、日本ラブドール界におけるパイオニア的存在である老舗《しにせ》メーカーのフルシリコン一体型を拾うのは、初めてであった。巨大なシリコン人形は用済みになった際の処理が難しいとはいえ、老舗メーカーでは宅配集荷での引き取り制度を設けているため、リスクを冒しわざわざ山奥へ投棄しに来る理由が考えにくい。それに多少状態が悪いものであっても、中古市場で相応の値段がつく。考えれば考えるほど、状態の良い個体を拾えたのは奇跡に近いことかもしれないと、二郎には思えてくるのであった。

メーカー引き取り制度を利用しようにも宅配便の担当者とは顔見知りになってしまう時代、配送先であるメーカー名や住所から品が何であるかを勘ぐられるのが怖いという神経質な元オーナーが投棄したとも考えられるし、そもそも平均的に新品価格が六〇万円もするフルシリコンタイプのドールを買えてしまうオーナーであれば、中古市場でせこせこ売ろうとはせず、セカンドユーザーから中子の骨折や関節、シリコンの裂け目や油浮きといった不具合を指摘されるストレスを避けたいと思うのかもしれなかった。

*

［一ヶ月半ぶりのネイルです☆　いつもお世話になっているスターライト吉野さんのところへお邪魔しました。私って季節感をとっても大切にする人なので、グリーンをベースにしたキラキラに仕上げてもらいました♪］

二郎の他に三歳年下の社長、二〇代の従業員二人という四人体制で回されているバイク解体屋は、買い付けや無料で引き取ったバイクを修理してインターネットオークション上や中古販売店への転売、修理できないものは分解してのパーツ販売を業務としていた。整備・解体作業は二〇代の二人が行い、専門的知識が必要なときや人手が足りないときは社長も作業に加わり、二郎はオークションサイトへの出品作業、取引連絡、役所への書類申請、車検場への通検といった事務手続きの他に社有車でのバイク引き取り業務もこなし、エンジンオイルやブレーキパッド交換といった簡易な作業までなら最近は任されるようになっていた。

春という季節柄、連日のようにバイクは売れ、凝った写真や練った文章で構成される出品作業が六件、質問への回答や落札後の取引連絡二五件――中にはクレームに近いものもあり、出社した午前九時半からの約六時間はパソコンの前であっという間に流れていった。

「堀部さん、エリミネーターの落札者と、もう五日間連絡つきません」

「ええー、参ったな、今週またかよ……新規ＩＤでした？」

「いいえ、一応、評価が八ついている人です」

「一桁か……なんだよ、新規落札制限かけたのに、それでもバックレ野郎が出てくるのかよ」

堀部社長はそう文句をこぼすが、今までやりあってきた客と自分たちがおあいこであるということは重々承知のはずだった。落札価格をつり上げるため出品写真の修整、商品説明の誇張を、虚偽にならぬぎりぎりのところまで行うぶん、実物の程度の悪さに落胆する客も多い。恨みを忘れない数名によるイタズラ入札は常にあり、他取引での評価という実績証明がない新規アカウントからの落札を不可にして二ヶ月が経っていた。

「今夜の川口への引き取りもバラしだし、ゼファーも通検受付時刻過ぎちゃったし……茅《かや》場《ば》さん、俺たち、もうあがろうか」

「いいんですか」

「今日できる仕事、もうないし、あの三台の整備は二人に任せて」

「それだとありがたいです、今日も、伯母の様子を見に行く予定なので」

「例の、遺産相続を狙っての定期的な謁見《えっけん》？」

「はい」

月手取り一七万三〇〇〇円で企業年金や企業型健康保険、労災にも無加入という現況はアルバイトと変わらない待遇だが、正社員というわずかばかりのプライドや、転職を不利にしないためにも二郎はすがるほかなかった。それに、ほとんど唯一ともいえる地元の友人から紹介してもらいようやく就けた働き口だ。

黒のレクサスLSを駆る社長が先に駐車場から出た後、二郎は産廃不法投棄を担うかわりに私用での常用を許された社有軽トラックのエンジンをかけた。古いキャブエンジンの排気音が通《つう》にはたまらないらしいが、道具など、利用目的がかなえられればいい。二二歳までこの市で暮らしていたはずの二郎に、自動車社会特有の価値観は形成されなかった。

都内の大学を卒業し、住宅設備メーカーへの就職とともに離れて以来、一五年ぶりに戻った地元での新たな生活も、もうすぐ二年を迎えようとしていた。江東《こうとう》区に買って間もなかったマンションを、専業主婦だった年上の元妻への財産分与のため売却し、それでも残ったローン残額の支払いが向こう八年続く。

二郎はホームセンターで目当ての品々をいくつかと、途中で寄ったスーパーで三割引の弁当を買っても、六時には家に着いていた。解体屋に勤めだしてからしばらくの間は、早く上がった日に限り市部のハローワークへ通い福利厚生の整ったまともな働き口を探していたが、脈のなさに足は遠のき、もう半年ほど通っていない。

アパートへ帰宅すると、約二〇平米のワンルームの窓側の布団に横たわる、白い肢体が目についた。一五〇センチのリアルな日本人の女が帰りを待っている状況に、二郎はまだ慣れていない。昨日までそこが定位置だったアメリカ女は、体育座りの格好で二つの布団の間で壁を背に座っていた。

　つけたテレビへもほとんど目を向けず弁当を食べ終えると、二郎は新人の修繕作業にとりかかる。さきほど寄ったホームセンターで、必要な修繕材や道具は揃えた。昨夜緩衝材をはぎ取った際、顔ほどには綺麗でなかった肢体の、特に関節部分の劣化が目についたが、全体的なコンディションは悪くなかった。少なくとも、捨てるにはもったいない個体だ。顔だけでなく肢体のつくりもアメリカ女より繊細で、昨晩のうちに固形石鹼で汚れを入念に落とし、かつらもシャンプーで洗った。

　しかし一晩置いて冷静に見れば、劣化している箇所の修復作業はそれなりに大変だと気づく。幸いにも、骨格代わりの中子の骨折はなかった。全身に点在する裂け目を埋めるため、二郎はシリコン樹脂用の接着剤を用いての作業を行う。

　生身の人間と異なり、人形は永久に若々しい姿のままで歳をとらない、などということは、シリコン製ドールにはあてはまらない。人間の肌のような柔らかさをもたせるのに原料のシリコンにオイルが混ぜられるため、長い時間をかけて徐々に、オイルが肌表面に染み出て浮く。それにつれ柔らかさを失いひび割れしやすくなる性質から、通常使用下におけるシリコンドールの寿命は、人間のそれにはるかに及ばないとされていた。

〈ついに、今話題のサイボーグ美女たちがスタジオに登場！　そのエイジレスな美貌に出演者たちも驚愕？〉

流れてきた音声に手を止め、二郎はテレビへ目を向けた。八時台の番組が始まったようで、見覚えのある顔がカラフルな画面端に一瞬映った。

「鈴木紀恵《のりえ》……」

二郎はまだ違和感のある名前をつぶやく。チーム対抗型クイズ番組に、チャレンジャーとして「サイボーグ美女軍団」の面々五人が登場した。モノトーンで一応の統一性をもたせたような衣装にそれぞれ身を包んだ面々の、向かって左から二番目に立つ鈴木紀恵は、ところどころが透けた黒いワンピースを着ており、お笑い芸人の司会者からすぐに目をつけられていた。

〈中でもサイボーグ度で言えば一番かもしれませんが、じゃあサニーちゃん、この鈴木紀恵さんは、おいくつだと思いますか？〉

〈えー……三三歳とかですか？〉

〈ぜーんぜん違います！　なんと、鈴木さんは……ご本人からうかがいましょう。おいくつですか？〉

〈五六歳です〉

〈えー、嘘でしょう!?　どう見ても三〇代にしか見えなーい！〉

出演者や観覧者たちによる驚嘆の声が流れ、他番組等でももう何度か目にしたこのやりとりに、二郎は思わず空笑いを漏らしてしまった。

「遠山知江《ともえ》だろうが、君」

女性ファッション誌主導の、サイボーグのように若々しく美しい四〇歳以上の一般人集団という「サイボーグ美女軍団」内において、〝三〇代にしか見えない五六歳〟というキャッチフレーズの鈴木紀恵は、目立つ存在であった。その姿を一ヶ月ほど前に似たようなバラエティー番組で初めて見た際、二郎には彼女が旧知の人物だとわかった。

手入れされたブラウンの艶やかなセミロングヘアー、びっくりしたように大きく開かれた目、痩せ型の体軀《たいく》に豊かな乳房、高度なメーク技術や強い照明の効果もあわさっての肌の白さと肌理《きめ》細かさ——高校時代の野暮ったい姿からすれば別人かと見まがうほどの変わりようだが、全身のシルエットや顔のパーツの配置が、かつての同級生、遠山知江そのものだった。二郎と同い年の三九歳である遠山知江は、〝五六歳の鈴木紀恵〟として逆サバを読むことで、〝三〇代にしか見えない〟という希有な付加価値を手にしていた。「鈴木紀恵」でネット検索した際、「サイボーグ美女プロジェクト」という母体ページから派生した一メンバー鈴木紀恵のブログに行き着き、そこにアップされている写真の数々を見るほどに、彼女が遠山知江であるという確信を深めたが、一方の「遠山知江」で検索しても二郎が知っている遠山知江については何もヒットせず、少なくとも鈴木紀恵の正体は逆サバを読んだ遠山知江であると指摘する文章はどこにも載っていなかった。

〈いえいえそんな、女優ではないです。本業は、ハッピーライフコンサルタントです〉

ネット情報によると彼女たちの夫はほぼ医者や弁護士、会社役員といった高所得者であると判明しており、鈴木紀恵の夫も皮膚科の開業医であるということが本人のブログでわかっていた。「小さなハッピーを探すのが日課」ともブログプロフィール欄に記している彼女はよく、自宅の近所で撮ったらしき写真をアップしていて、長い間離れていたとはいえ二郎にもそれが八王子市南部のとあるエリア近辺だとわかった。遠山知江がずっと八王子市にいたのか、それとも出戻ってきたのか、どうやって医者と出会ったのか、二郎にはわからない。高校二年の夏休み前に告白した際、申し訳なさそうにふってきた遠山知江は、冴《さ》えない自分でもイケそうだと思わせるような、自分にとって少し高嶺《たかね》であるというだけの、そこそこ冴えない女だったと二郎は記憶している。

番組をながら見しつつ新人ドールの修繕を終えた二郎は、化粧ボックスを開いた。ベビーパウダーをパフで全身にはたきつけ、表面に浮いてくる油分のべたつきを抑える。シリコンのドールにこうするとすべすべの人間らしい肌に近づくうえ、汚れや埃の付着や服の染料からの色移り防止といったいくつものメリットがあった。下地を整え終えると、どのような方向性でメーキャップさせようかと二郎は思案する。

〈ざんねーん、鈴木さん、だめですよ、そんなにかわいらしく哀願しても!〉

尖り気味の顎のラインが、似ている。二郎は画面に鈴木紀恵が映る度《たび》に注視した。顎だけでない、細く真っ直ぐな鼻、まつげの長い大きな瞳、おまけに細い体軀からは考えられにくいほどの豊かな乳房――眼前に横たわるドールの全身のあらゆる箇所が、鈴木紀恵を構成する要素と同じような土台を有していた。

遠い昔に自分をふった女性に似せるというのも、悪くないかもしれない。

黒髪のかつらを外し、押入れの籠《かご》から出した濃いブラウン色のセミロングかつらをかぶせると、それだけでもだいぶ鈴木紀恵に近づいた。ワイヤーなしの白ブラジャーと一三〇サイズの黒いロングキャミソールも、胸が強調されるちょうどいいミニマムサイズで、一〇〇円ショップで買っておいたオパールブルーのつけ爪を貼った後ラメ入り塗料を重ねると、鈴木紀恵にかなり近づいた。

［なんと今日の「エレガンス」撮影先で、一期生の街山有樹さんにお会いさせていただきました☆　すっごく綺麗で感激！　そして今日も休憩中、送っていただいた「フォーエバービューティーX」をゴクリ♪　私の美肌の秘密です。先日友だちに拝見した時も、一セットお渡ししました〜。］

メークの参考にするためノートパソコンで鈴木紀恵のブログを閲覧するうち、あまりにも稚拙な文面と、少しも恥じらいを感じていないような自分撮り写真の数々に、なにか言いたい衝動がわきおこるのを抑えきれなかった。そしてその感情は、二郎の男根を硬く隆起させた。

テレビからの鈴木紀恵の声を聞きつつ、二郎はドールの〝鈴木紀恵〟の乳房を右手で揉みながら、頬ずりする。アメリカ女よりわずかに硬く冷たい。ただ、柔らかさを決めるオイルの配合比率が低いからこそ、遺棄死体にしては良好なコンディションを保てていたともいえる。小型の非貫通ホールを手早く股間の穴へ差し込み、ローションを塗り挿入した。関節が固定できないタイプであるからこそ、正常位で挿入しようと両脚を上半身のほうへ曲げようとしても、シリコンの弾力で押し返そうとする力がはたらく――つまりは、抵抗している。

「夫の金で、なんなのその自己顕示欲は!?」

二郎は〝鈴木紀恵〟の中であっという間に爆《は》ぜた。射精に伴う男性器全体の脈打ちは三度も続き、脳が、全身が、〝鈴木紀恵〟を生身の女として認識し、ありったけの精液を放出させたのかもしれなかった。この無機質の人に受精させようとしているのか? 〝鈴木紀恵〟の上で虚脱した二郎の耳に、テレビから鈴木紀恵の声が聞こえた。

＊

日光の刺激で目を覚ました二郎は、右横の窓際で寝ている色白の新人――〝鈴木紀恵〟

に横から抱きついた。公休日の月曜である今日、時間はいくらでもあった。

二郎は朝勃ちの勢いを利用するかのように、ローションを塗りたくったシリコンホールを股の穴に差し入れた〝鈴木紀恵〟を立たせ、窓枠に手をつかせた。関節にグリップ力のないフリーのタイプはシリコンの弾力で抵抗し、なかなか迎え入れ体勢をとってくれない。

「外から誰か見てるかもよ」

磨《す》り硝子《ガラス》を半分開けてから二郎は愚息《ぐそく》を挿入した。シリコンドールの顔が精巧になればなるほど、生身の人間に近づく限界も感じられるものだが、表裏をひっくり返し立位後背位で挿入している今、二郎の視界に入る肌は耳とうなじ、肩から指先へと至る両腕だけであり、等身大シリコンの感触は人間そのものだった。

「ああ……ああ！」

己の身から魂をもっていかれるかのような心地にたまらなくなり、胴体を両腕ごと力強く抱きしめた二郎はほとんど無呼吸のまま激しく腰を動かし、襲ってきた強い快楽、と同時に鋭い痛みを左腕に感じた。自身の左腕を見ると、上腕の内側肘近くに赤く細い擦り傷がある。そして、垂れ下がった〝鈴木紀恵〟の白い左前腕から、露出している折れたパイプが目に入った。

骨折か。二郎は〝鈴木紀恵〟を布団へうつ伏せに寝かせた。高価な原料代と重量を抑え、シルエットを保たせるため、シリコンの中にはプラスチックや金属でできた骨格代わりの中子がある。乱暴な扱いが祟り、折れてしまった。腕を持ち上げ、灰色のパイプを見る。材質が何であるかわからぬパイプ製の骨を継ぎ合わせるに際し、シリコンと化学反応を起こさないようにすることと再発防止も考慮しなければならない。注視すると裂け目の先に、わずかながら波打った二センチ弱の線を見つけた。前オーナーが補修した跡らしく、今回骨折したのは前回と同じ箇所だったのか。

修理についてはあとで考えることにし、テレビをつけた二郎は己に付着した汚れをハンドタオルで拭った。避妊具をつけずの性交渉など、人間相手に行ったことは一度もない。生涯二人目の相手だった三歳年上の元妻とは、自身が三四歳のときにお見合いで知り合い結婚した。三七歳でリストラされると同時に別れを切りだされるまでずっと、避妊しながらの性行為しかしてこなかった。リストラも離婚の理由の一つにしか過ぎず、ことあるごとに子供が欲しいと漏らしていた元妻に対し避妊具使用を頑なに守っていた二郎の態度のほうが、大きな理由だったかもしれない。五人兄妹という大所帯で育った元妻と違い、女手一つで育てられた一人っ子の二郎には、家庭を作りたいという意識は希薄であった。

母が五年前に病死してからというもの、親類は母より七つ上で今年七六歳になる伯母しかおらず、嫁いでいって疎遠な娘が二人いる伯母から、遺言書で賃貸アパートの遺産相続を受けでもしない限り、自分はまともな老後を迎えられそうもないと二郎は自覚していた。身体の動くうちにマグロ漁船にでも乗り短期で大金を稼いでおく手もあるかもしれないが、魚網《ぎょもう》に指を持っていかれるかもしれない。将来誰にも頼れぬことがほぼ確定している孤独の身にとり、身体機能が失われるような危険な仕事は避けたかった。

二郎はぬいぐるみ製の喪服の淑女に数日ぶりに抱きつく。仰向けで寝るとアメリカ女の顔が見え、視線を押入れへ移すと下段にウレタンタイプの脚が二本見えた。二郎はネット上に写真をアップしているようなドールオーナーたちと違い、彼女らをオリジナルの呼び名で呼ぶこともなかった。〝鈴木紀恵〟に関しても、意識の上でそう認識するだけで、声に出して呼んだことは一度もない。

ノートパソコンを開いた二郎は、〝鈴木紀恵〟の骨折の直し方を検索した。見た目と大きさ、材質からして一三年前から七年前まで作られていたモデルであり、灰色の塩化ビニールパイプを骨として利用しているところから、改良が加えられる前の初期に作られたものである可能性が高かった。仮に一三年前のモデルだとすれば、自分が二六歳だった頃に作られた女ということになる。

二六歳……思えば遠山知江と最後に顔を合わせたのも、その年かもしれなかった。高校三年間クラスが一緒だった、学年の優しい人気者だった男の結婚式二次会で、沢山いた新郎側の招待客のうちの一人として、肌を焼き髪を脱色させた遠山知江がいたのだ。いささか野暮ったかった彼女の強烈な変わりようはむしろ類型化した記号のようで、その変貌に気づいた者たちも特に驚くことはなく、地元に残っていた共通の知人から彼女が駅周辺のキャバクラで働いているだとか中絶手術を受けただとかの話を聞かされても騒いだりはしなかった。ただ、一三年が経っても記憶しているほどには、少なくとも二郎の印象には残った。

修理に必要な材料や工具をメモすると、サイボーグ美女軍団のページへアクセスし、サイボーグ美女数人のブログを巡回閲覧してから最後に、〝三〇代にしか見えない五六歳〟鈴木紀恵のブログへたどり着いた。

［寝る前に一枚アップしておきます。このカワイイパジャマ、なんとコンテストの応援にとスタイリストの曾根山泰治さんからプレゼントされたものなんです！　スウェットやTシャツじゃなくて専用のパジャマは、ぐっすり眠れそう♪　おやすみなさい☆　Zzzz…］

そこには化粧をほどこしたままの顔でベッドに横たわる鈴木紀恵の姿が映っていた。自分撮りですらなく、暗い空間にもかかわらずはっきり撮れていることから、高級な大口径レンズやセンサーを搭載した一眼カメラで撮影されたことが一目でわかる。おそらく夫だろうか、彼女の至近距離でカメラを構えて立つ第三者という構図が露わとなっていて、その茶番に二郎はひどく興奮させられた。他の日記も読み返してみると、鈴木は、夫と喧嘩したと匂わせるような不満げな日記の最後であっても、自分がきれいで世界一幸せであるということを言葉を変えて、声高にアピールしていた。鈴木紀恵の名で検索をかけるとブログ以外の様々なページにもたどり着いたが、遠山知江の名で検索しても、依然として彼女が鈴木紀恵と同一人物であることを示唆する内容どころか、そもそもこの市で育った、二郎の知っている遠山知江単体の情報すらなにも出てこなかった。本人にその気がなくとも周囲から勝手に写真や名前をアップされてしまうこの時代に、過去の素性が全く出回らないとは、二郎自身もそうであるが、どれほど存在感のない人だったのか。そのことについて誰かに訊《き》いてみようにも、かつて日陰者だった同士、簡単に連絡のとれる共通の知り合いも、今となっては一人もいなかった。

再び布団に寝転がりかけた二郎は、ふと目にした自身の左腕に走る、真紫の太い線に気づいた。〝鈴木紀恵〟の折れた骨の先端でひっかかれた跡は見事に変色し、触ると痛かった。ただの擦り傷にしては尋常じゃないほどの腫れ具合で、外傷からの細菌感染の可能性もある。塗り薬を探しかけた二郎は、かわりに国民健康保険証を手に取った。車検場への通検を任されるようになってから、ケガした場合に備え自主的に加入した保険だった。毎月約一万五〇〇〇円を払い続けている分、こういうときにこそ元をとるべきだ。「氷室《ひむろ》皮膚科クリニック」の診療時間と場所を検索し確認すると、二郎は着替えて家を出た。

「抗生物質の軟膏を処方しておきますので、一日二回塗布して、その後で手指をしっかりと洗ってください」

二郎より数歳上くらいの氷室院長による診察は、入室して二分足らずで終わろうとしていた。黒髪のふさふさした高身長の男が本当に五六歳の女と結婚しているのだとすれば、年齢に一〇歳以上の開きがあるだろう。

「あとすみません、先生、陰部も痒いので、診てもらっていいですか?」

「ああ……はい、では、拝見します」

一昨日《おととい》あたりから、二郎のペニスは少々痒みをともなっていた。ホールのどちらかで菌が繁殖したのか、単にペニス表面を摩擦させすぎなのかはわからない。ペンを持ったまま二郎の股間へ数秒目をやっただけの氷室院長は、湿疹用の薬の処方箋も出す旨を伝えてきた。

「性行為しても、問題ないですか?」

「少し控えたほうがいいかもしれませんが、人にうつるようなものではないので、染みるような感じがなくなれば大丈夫だと思います」

「そうですか。ありがとうございました。今度、私の連れも診てもらいにうかがわせます。腰の左側に、どんぐり形の大きなほくろがあるので」

戸惑い気味のぎこちない笑みを浮かべた氷室院長の目は固かった。診察室を出た二郎は、広くない待合室のシートに座り、あちこちへ目をやる。三人いる女性スタッフのうちに、鈴木紀恵らしき人物はいない。

軽トラックをクリニックの駐車場へ駐《と》めたまま、薬局での用事も済ませた二郎は、付近の区画を歩いてまわる。クリニックから鈴木の自宅までは徒歩五分の距離だとブログの情報でわかっていた。写真で見たシルバースチールの立派な門と石垣が記憶に残っており、二郎はやがて当該の一軒家を発見した。表札にも、「氷室」と記されてある。

芝に面した掃き出し窓ごしに、グレーのスウェットを着た女のシルエットが見えた。

鈴木紀恵……いや、遠山知江、もしくは、氷室知江。

顔の横に押し当てた携帯電話で、誰かと話している声が窓越しにも伝わってくる。そのうちに女は大きな黒いサンバイザーをかぶり掃き出し窓を開け、サンダルで外に出てきたところで、門の外にいる二郎と目を合わせた。

初めて会ったという気がしない。元同級生だったなら当たり前だが、初めて会った気がしないとわざわざ感じてしまうほどには、二郎の五感が彼女を別人のように捉えていた。近所の人だとでも思ったのか、女は訝しげな顔をするでもない。防犯カメラの存在にも気づいた二郎は、近隣に目的の家を探しているという体《てい》でその場を後にしようとした。

「茅場くん?」

その声で自分の名を呼ばれた二郎は吃驚《びっくり》して、遠山知江と再び目を合わせた。彼女のほうも、咄嗟に出てしまった言葉が予期せぬものだったと急に迂闊《うかつ》さでも感じたのか、そっぽを向く。二郎は開きかけていた口を閉じ、前傾姿勢になり足早に去った。

＊

［大切な人だと思っていた人に、大きな裏切りにあうことって、大人だからありますよね…。そりゃ私も大人だし、聖人君子じゃないんで、自覚なくその人を裏切っちゃってたようなことだってありますけど。］

［今日は都内へお出かけしました〜♪　新宿の伊勢丹でお買い物！　私って、メーク用品コーナーのチェックは欠かせない人なんです☆　女はメークで変わる、って言いますしね！］

都内に住んでいるのに「都内へ買い物」と言い表してしまっている感覚が、八王子市民の悲しい性《さが》である。遠山知江は、なんらかの理由でそれまでの己の人生を否定し、メークや外科的アプローチを経て、鈴木紀恵になった。前日のブログ記事内のネガティブな書き込みは、それに起因するものなのだろうか。少し前には、夫と喧嘩したとも書かれていた。

二郎があの日、彼女から名前を呼ばれ感じたのは、覚えられていたことの嬉しさよりも、気づかれてしまったことへの後悔だった。

それまではずっと、一方的に見るだけであった。それが、見られてしまった。二郎の中でなにかが削がれ、同時に、自分という存在の中身が変質してしまったかのような嫌な感触がある。

床に寝ている一五〇センチの日本人女の骨折した左腕は、一度二郎自身が直そうとして、失敗していた。遠山知江が、本当に鈴木紀恵だった。するとこのドールの〝鈴木紀恵〟は、名無しの日本人女のドールに戻ってしまったかのようでもある。そのことにもはや二郎は、不自然さや違和感すら感じていた。鈴木紀恵と〝鈴木紀恵〟は、二人が同時に存在しているほうが、しっくりきた。そして、そうでなければならないような気がした。

＊

夕方というには少々早い時間に自分ができる仕事をすべて終えた二郎は社長から、スクラップを捨てに行ったらそのまま帰宅していいと言われた。山へ向かう前のとりあえずの一服がてら、事務所のパソコンから鈴木紀恵のブログをチェックする。

［これは先日購入した服です☆　それにしても、暖かい日々が続いていますね。皆さんへの美肌アドバイスですが、これから暑くなる季節、風呂嫌いの人は無理に風呂へ入らなくてもいいです。汗腺と毛穴は違うため、運動以外の方法で汗をかいても単に汗疹《あせも》になりやすくなるだけ（特に汗かきの人）ですし、筋量が増えないため代謝も上がりません。少なくとも肌のためという観点だけからすると、メリットはありません。シャワーだけ浴びて、入浴時間はそのまま睡眠時間へとまわしたほうが何倍も良いです。マッサージ効果を狙う場合は別ですが。］

そこにはハンガーに吊るされたショッキングピンクのシャツが映っているだけで、本人の顔が映っているわけでもなく、文章からもいつもの隙の多さが伝わってこなかった。軽トラックの荷台にスクラップを満載すると、二郎は東京の北西部へ向けて車を発進させた。土曜日ということもあり奥多摩や秩父の山道へ集うバイカーは多く、それ狙いの警察によるネズミ捕りもいたが、秩父へ近づく頃にはそれらもあまり見かけなくなった。

午後五時を数分過ぎた頃、目当ての場所が視界に入り、二郎は車を谷側の路肩へ停めた。〝鈴木紀恵〟を拾った場所。彼女を拾って以来久しぶりに訪れた。ひょっとして前オーナーが別のドールを投棄してはいないかという期待も抱きながら、二郎はゴミ溜めへと目を下ろした。

全裸の女だ。

不法投棄ゴミや土にまぎれた全裸の女の肌は、暗い山林にさしこむ夕明かりの下、他のゴミの中からかろうじてといったあんばいでそのシルエットを浮き彫りにし、仰向けにされた顔の両目は開かれたまま、上から覗きこんでくる闖入者と見合わせている。

二郎は身動きがとれなかった。

生命をともなっていないというだけなのに、死んでいるかのような目を向けてくる。

これまでの者たちとは、明らかに異なっている。

異臭にも気づいた二郎は、運転席へ戻ると窓を手動レバーで閉めた。今のは、明らかに……。

その時、バックミラーの中を何かが過《よぎ》った。

反射的に二郎は窓から後ろを、草むらの中を注視した。何もない。屈《かが》んで人が隠れられそうな高さの草むらがあるだけだ。二郎はスクラップを投棄すると、心を落ち着かせるべく一服してから、軽トラックを発進させた。

山道から戻り自宅へと至る道を通り過ぎた二郎は、そのまま八王子の市街へ向かった。

パチンコ店の駐車場へ軽トラックを停めた際、エンジンを切った車が軽くバウンドした。荷台に誰か乗っていたのか？　そんなことを思い急いで外に出てみても、なにもなかった。

まるで自分が、居もしない霊でも追い払おうとしたかのようで、二郎は己の動転具合をつきつけられた。気持ちを切り替えるように歩きだし、やがて社長からオススメだと聞かされていた風俗店に入った。

出勤している中で最も気になる嬢を指名し、一人分の順番待ちの後、部屋へ通された。写真ほどではないが、流行の目に流行の鼻、流行の唇――同じ造形師の手により形作られたのではないかと思うほどに、鈴木紀恵や〝鈴木紀恵〟と似たうりざね型の顔をもつ、三〇代前半とおぼしき嬢から身体をシャワーで洗われる。胸の鼓動を激しくさせた二郎はその場で中腰になり、ガリガリの細い身体には不釣り合いなほど大きなお椀型の乳房にむしゃぶりつき、両手で揉みしだいた。はじめは嬌声をあげながら笑っていた嬢も、二郎がしつこく揉み続けているとやがて、手で肩を押しのけた。

「お兄さん悪いんだけど、そんなに揉まないで。シリコンの形崩れちゃうから」

鈴木紀恵の胸も、これと同じ感触なのだろうか。彼女たちの身体にはシリコンという中子が埋まっており、シリコンを外面とするラブドールの肢体の中には金属やプラスチックの中子が埋まっている。

四五分コース終了後、数年ぶりだった生身の女性との触れ合いに消耗した二郎が繁華街で飲食店を探していると、見覚えある顔の男を、バーの出入口で見つけた。紺のドットシャツにチノパンというラフな格好の彼は、氷室医師に間違いない。氷室医師は若い女と一緒におり、女の派手さは、たとえばショッキングピンクのシャツなんかがとてもよく似合うだろうなと二郎は思った。

＊

シリコンドール修理職人の手から返された〝鈴木紀恵〟を目にしたとき、二郎は思わず、目の奥が緩むような感覚におそわれた。一週間ぶりに目にして、安堵している……。修理代金九八〇〇円を払い、連れてきたときと同じく九九〇〇〇円の車椅子に〝鈴木紀恵〟を乗せ、小さな雑居ビルを後にした。

往復で四〇〇〇円以上かかる配送料を払うのであれば今後の備えにと買っておいた安物の車椅子が、こと街を移動するのには便利であった。午後一時をまわったばかりで、仕事休みの今日、時間はいくらでもある。二郎は、インディゴブルーのジーンズにピンクのロングコートを羽織り、ハットとサングラスまで身につけた〝鈴木紀恵〟の乗る車椅子を押し、駅近くの場所から上野公園へ移動した。不忍池《しのばずのいけ》をまわりながら、自分の今後などをぼんやりと考える。

午後三時近くにＪＲ上野駅まで来た二郎は、以前から考えており今朝も迷っていたがやはり今日、新宿の伊勢丹へ寄ってこの人のための買い物をしようと思った。新宿に着くまでの間暇を潰《つぶ》そうと、鈴木紀恵のブログを見る。しかし相変わらず、最後に更新された四日前の日記がトップに載っているだけだ。毎日のように更新されていたというのに、どうしたのだろう。自分撮りをするために一々万全の化粧をほどこすのが面倒になったのか、最新の日記はどれも顔写真なしで、買ってきた服の写真、風景の写真といったものだった。やがて二郎は新宿駅で下車した。

元妻に連れられるようにして時折足を運んだだけの百貨店も、当時の二郎にとっては己の所得に見合わない贅沢品《ぜいたくひん》ばかり売られている店として退屈さしか感じなかった。あの頃よりさらに金を持っていない今の二郎にとり、婦人向けの様々な商品が魅惑的に映った。特に、スタイルの良いマネキンたちが着ている服の数々には購買意欲をそそられた。ドールに服を着せるイメージがし易い。すれ違う客たちも上品かつ他人を無視することに慣れた人たちが多く、車椅子に乗った〝鈴木紀恵〟へ視線を留め続けることもなかった。幅広い年齢層の人たちが、ショップごとに置かれている着衣のマネキンへ憧れの眼差しを向けていた。

鈴木紀恵が以前ブログで紹介していたものや似ていたりするブラウスにシャツ、メーク道具一式を買うと、エレベーターで一階へ下り、新宿通りに出た。合計四万五〇〇〇円の買い物とは、だいぶ奮発した。もう午後四時半過ぎになっており、新宿通りの混雑具合は来たときより増していた。若者の集団も多く、伊勢丹の客層とは違い、車椅子上で微動だにしない〝鈴木紀恵〟に不躾《ぶしつけ》な視線を向けてくる者もそれなりいた。

ふと、視線を感じた。車椅子にではなく、自分へ向けられる視線だったように思う二郎は雑踏の中に視線の主を探したが、それらしきものは見当たらない。

そのとき、身体に衝撃があった。

ぶつかって舌打ちし走り去るスーツの男に気をとられた直後、アルミパイプの立てる大仰な音で我に返った。横にひっくり返った軽量車椅子から投げ出された〝鈴木紀恵〟は、スキンヘッドまで露わにしていた。

野次馬たちの反応は早かった。幾人もの人間から携帯電話のカメラレンズを向けられ、重量三十数キロの〝鈴木紀恵〟を車椅子に乗せる間に幾つものシャッター音が連続し、段差に気をつけ新宿駅へ逃げようとする間も、しつこい二人ほどの追跡者たちから執拗に撮られ続けた。

JR中央線で八王子駅に着いた二郎は、消耗し切ったほうほうのていで中華料理屋へ入った。ラーメン餃子定食が出てくるのを待つ間、携帯電話で検索すると、新宿に現れたラブドール男についての文章や写真がアップされており、中央線の中野駅までの目撃談も記されていた。投稿した当人が中野駅で降りたからこそ、ここまでたどられずに済んだ。二郎はテーブル席の横につけている車椅子の乗り主のハットをさらに深くまでかぶらせ、店内の小さなテレビへ目を向けた。夕方のニュース番組で、ヘッドラインが次々と紹介される中、政治家の汚職事件について読み上げられているが、頭に入ってこない。

ゴミ溜めで目にした全裸の死体が、二郎の脳裏に明滅する。あのときは、通報しようがなかった。あそこへ遺棄されていた彼女との関係を問いただされるだけでも嫌だったし、あの場に停車した理由を詮索され産廃不法投棄の罪に問われるわけにもいかなかった。瓶からコップに注いだビールを飲んでいた二郎は、読まれだした新たなニュースに、動きを止めた。

〈奥多摩町青梅《おうめ》街道近くの山道で遺体として見つかった男性は、埼玉県に住む五三歳の建設会社役員で……〉

画面には見覚えのある山道の、見覚えのある路肩が映っていた。警察により立ち入り禁止のテープが張られた内側に、三トン級のトラックがあった。

〈警視庁は、金銭をめぐってのなんらかのトラブルがあったとみて調べを進め、取引相手であった会社の幹部の男の行方を追っています〉

次のニュースへと切り替わり、二郎は思わず立ち上がりかけた。男の遺体？

女の遺体は、どこにいった？

同じ場所にあった、腐敗臭をともなっていた女の遺体を、警察が見落とすわけがない。捜査に関する非公開情報として、隠されたのか？　ただ二郎自身は、男の死体を見ていない。だからニュースでやっていたこの殺人は、あの殺人とは全くの別件だ。

あの日自分が目にしたはずの全裸の女の綺麗な死体は、今、どこにいるのだ。生き返って、どこかに移動したとでもいうのか？

動悸が治まらないまま勘定を済ませ外へ出た二郎の耳に、消防車のサイレンが大きく聞こえた。消防車二台が向かう先をたどると、北の夜空が一部明るくなっており、方角と明るさから位置を特定するならば、氷室医師のクリニックと自宅がある区画であった。


車椅子からおろした三十数キロの〝鈴木紀恵〟をアパート二階の自室まで運ぼうと外階段を上っている際、一階の部屋のドアが開く音がしたため思わず足早になった二郎は、足の付け根の筋を違えた。左足を少し引きずるようにして、自室へ入る。

車椅子も回収し、人混みで辱《はずかし》めを受けた〝鈴木紀恵〟のカムフラージュ用の衣服を布団の上で脱がせると、伊勢丹で買ったばかりの服を着せる途中で二郎は思わず抱きついた。心が安らいだ。一週間の空白を経て日常に戻ってきた〝鈴木紀恵〟を前にして、己の中にあった喪失感を事後的に痛感した。自身も全裸になった二郎は、冷たかった彼女を自分の体温で温めた。不穏なニュースに動揺していた二郎はシリコンに熱を奪われながら、〝鈴木紀恵〟の感触に甘えた。固定されたプラスチックの目は至近距離にいる二郎の顔を捉えているようで、そのくせ焦点はわずかに曖昧であった。

寝ている二郎の頭の先に、壁を背に座るアメリカ女の姿があった。二郎は〝鈴木紀恵〟から離れるとアメリカ女へも抱きついた。〝鈴木紀恵〟とのしばしの別離で、同じシリコン製であるアメリカ女のその存在の尊さにも気づけた。見れば、〝鈴木紀恵〟が入居して以来ろくに相手にされなかったアメリカ女は、ひどく怖い顔つきになっていた。性欲のためにラブドールのようにラブドールを扱った結果、浮き出た油の上に埃が付着しきっているような、こんな荒《すさ》んだ顔になってしまった。二郎は己のふがいなさを恥じた。愛情の注ぎかたにより、彼女たちの表情は変わるのに。

染み出た油分に体表をべとつかせたアメリカ女、そして退院してすぐ街中で辱めにあった〝鈴木紀恵〟も一緒に、温かいお湯で身を清めてやろうと二郎は思った。もう一つの布団に横たわるぬいぐるみ製の淑女や長らく放置してあったウレタン女といった初期メンバーにも愛情を注ごうと、押入れを見る。上段に二本、下段に二本の脚。重量のあるドールたちに対しそんないっぺんに相手はできないと思い直し、二郎はアメリカ女だけ抱き起こすと、慎重に風呂場の前へ運びだす。

ビニールの防水床に下ろす際、腰に痛みを覚えた。約四〇キロの持ちにくいものを変な体勢で持ってしまった。ぎっくり腰とまではいかず、なんとか作業続行できそうだと二郎は次に〝鈴木紀恵〟を布団から起こし、胴体から持ち上げる。そしてふと気づいた。さっき見た押入れの、上段に二本、下段に二本、計四本の脚があった。それだと二本、多いことになる。数を見間違えるほど疲れているのだろうか。運んでいる二郎自身が全裸でいるため、〝鈴木紀恵〟にも油分による表面のべとつきを感じた。

綺麗にしてあげよう。筋を違えた左脚と痛めた腰に鞭打《むちう》つように〝鈴木紀恵〟を抱えながら、ユニットバスへ移動させようと、ビニールの防水床へ足を踏みだした。

直後、視界が反転した。

眼前に迫る便座、何かが折れる音、意識が吸いこまれてゆく先にある闇――。


白い天が見える。ユニットバスの天井だろうか。遅れてわずかに痛みを感じながら、二郎は働かない頭の中で事態をゆっくりと把握していった。

転倒した。

アメリカ女から染み出た油分に汚染された床の上で、三十数キロの他の女を抱えた自分は、見事に転ばされたのだ。

ブロンドの彼女は、俺を許していないということか。二郎の視界はぼやけたままで、左目の視界が黒いものに覆われはじめていたが、痛みはあまりなかった。状況に比した痛みがないことに、二郎は危機的状況を自覚した。仰向けになっている二郎の上にかぶさる〝鈴木紀恵〟の右腕が、変な方向に曲がっている。注視すると上腕の折れた裂け目から、塩化ビニールとは明らかに異なる人工的ではない造形の、黄ばんだ白い棒状のものが飛び出しているのが見えた。最も近いもので言い表すなら、人骨に似ていた。元オーナーが、誰かの骨を、シリコンの女の体内に埋めたのか——。

君は、誰の代わりだったんだ?

はるか昔の高校時代、体育の授業中に一度だけ目にした、遠山知江の腰についた大きなどんぐり形のほくろが、二郎の脳裏に甦《よみがえ》る。自分にとっては、彼女の代わりだった。深く思い続けてきたわけでもない女に、メディア越しに、芸名という別の名前で登場され、気づけばそれを追わずにはいられない状態にさせられていた。しかし読み続けてきたブログもある時点から突然雰囲気が変わり、彼女が己の姿を晒すことはなく、稚拙な文面もなりを潜めた。代わりに理路整然とした文章が、まるで皮膚科医のような美肌についての専門的見解まで披露されるようになった。彼女の夫である氷室医師は別の若い女と、まるで妻に見つかる心配などもう皆無だとでもいうように、自宅最寄り駅付近を堂々と歩いていた。地理的にそこそこ使われているらしい山道の投棄スポットで目にした人間の女の遺体は見つからず、そしてさっき、氷室医師の自宅とクリニックがある区画で火事があった。

だんっ、という重そうな着地音が押入れのほうからした後、足音が聞こえてきた。やはり上段に、いつもはいない闖入者がいたのだ。二郎のもとへゆっくりと近づいてくる。自分の妻のほくろについて口にした後で、自宅防犯カメラの前に現れた男を、氷室医師が健康保険証に記されていた住所を頼りに追って来てもおかしくはないし、ネット上にアップされたドールの写真に気づいた偏執的な元オーナーが、ネット実況を頼りにどこからかつけてきていたとも考えられるか。

黒いもので覆われている左目と異なりまだ見えやすい二郎の右目の視界に、立っている白い脚が見えた。そのとき、先日山道の投棄場所で車のバックミラーの中を誰かが横切った気配と、移動した先の八王子市街のパチンコ店の駐車場で、誰かが荷台から降り去ったようなバウンドした感触があったことを思いだし、彼女が誰であるか確信した。

二郎は顔を見上げた。

「三〇代にしか、見えない」

知っている顔の彼女から、二郎はつい最近、久しぶりに名前を呼ばれた。無表情のまま、一人と一体を見下ろしている。伊勢丹に行った日の帰りにも、新宿の街中でこれと同じ感触の視線を二郎は受けていた。あの時点で彼女は、シリコンのドールに勝手に投影された、他者から見た自己像の思念を感じとっていたのだろうか。若い愛人との生活のために自分を殺してきた、或《ある》いは殺そうとしてきた氷室医師をクリニックごと燃やす前に、カルテを見れば、久々に顔を見せた元同級生の住所などわけなくたどれただろう。

遠山知江だった鈴木紀恵だった女は、自分に似せられた〝鈴木紀恵〟の肉体に融合しようとでもいうかの如《ごと》く、膝をつき、二郎たちに覆いかぶさろうとしている。

二郎は、やめてほしい、と感じた。シリコンのこの人は〝鈴木紀恵〟ではなく、そうさせるように自分が勝手に色々と動いたが、彼女自身は動きだしたりもせず、ただ人形のままだった。そんな彼女に、生者も死者も、こうして魅せられている。彼女を明け渡してはならない気がして、鈴木紀恵から守ろうとするかのように、二郎はできうるかぎり手を突っぱねる。それにもかかわらず、臭いのする鈴木紀恵が二郎たちに完全に重なってくるが、二郎にはその重みをほとんど感じることができなかった。

俺も、ドールのこの人と同じ体温になるのか……。シリコンと、同じ体温に。

至近距離にある無機質な顔から、微笑《ほほえ》まれたように感じた。二郎は薄れゆく意識の中で、彼女を守ろうとするかのように、自分と同じシリコンの女を、強く抱きしめた。やがて二体の体温は互いにならされ、肌の境《さかい》は曖昧になり、完全に一つになった。

目覚めさせる朝食

目が覚めた。

ケンはシングルベッドの端に追いやられ、掛け布団もほとんどサナエにもっていかれた状態で、掛け時計を見る。午前六時二〇分。出勤日と同じ時間に目覚めてしまった。

しかし出勤日の朝より、目覚めが悪くて仕方ない。ほとんど寝返りのうてなかったケンの身体はあちこちが凝っており、眠気もひどかった。

昨夜夕方に会って外食デートをし、ケンの家へ来て映画を一本見て、性交して寝たサナエは、鼾《いびき》とはいかないまでも少し荒めの鼻息をたて仰向けでぐっすり寝入っている。日曜の朝くらいゆっくりしようと、ケンは壁側で寝るサナエに背を向け、横向きの体勢で再び入眠した。

二度寝からケンが覚めると、東向きの1Kにさしこむ陽も光量を増していた。午前八時をまわったばかりだった。九〇分の睡眠サイクルひとまわりぶんで起きたのだ。ケンはトイレで用を済ませ水を飲むと、ベッドのへりに腰掛ける。身体が休まっていない気だるさが残っているいっぽう、眠気は消失した。

かたわらで寝ているサナエを見下ろしたケンは、掛け布団の上から、あまり体重をかけないよう覆いかぶさる。

「おはよう」

「……おはよ」

鼻息を一際荒くしながら首を右に左に傾けたのちつぶやいたサナエは、目も開けずに睡眠を続けた。鼻のとおりがよくなったのか、鼻息の音すらほとんどしなくなった。今週も、まただ。休日の朝をともに迎えるときの常で、ケンはサナエのそばにいながら、彼女と断絶した時間を一人過ごさなければならない。

米を研ぎ炊飯スイッチを押し、次にやることを探す。洗濯は昨日したばかりだ。たまっている仕事をやりたいところだが、恋人と一緒にいる二二平米の狭い部屋でそれに集中できるほど図太い性格ではない。ケンは仕方なしに普段見ないテレビをつける。チャンネルを変えてもどこにも興味をひかれず、ＨＤＤレコーダーを起動させ録《と》りためた番組をチェックしていった。ほとんどの番組を序盤だけ見て削除、という行為を繰り返しているうち、それにも飽きた。

狭い部屋で二人のうち一人だけ起きていても、なにもすることがない。

些細なことではあるが、決して慣れることのない絶望感だった。すると、ご飯の炊き終わりを知らせる単音の電子音楽が流れた。

そろそろ彼女に帰ってもらうためにも、今日もまた、ダメもとでやってみるしかない。

ケンはテレビの音を少し大きめにし炊飯器内のご飯をしゃもじでかきまぜ、一口コンロの横の狭い流しに半分蓋《ふた》をするかのように、大きなまな板を渡した。冷蔵庫から取り出したすべての食材を適切な形に切ったあと、電気ケトルで湯を沸かしている間に、フライパンで焼きの作業をたて続けに行ってゆく。

「朝ご飯できたよ」

盆にのせたおかずやご飯、インスタント味噌汁、冷蔵庫の中の漬け物や調味料を次々とローテーブルに運んでゆくと、サナエが両腕をのばしながらあくびし、起きる気配を見せた。

「ほら、せっかく作ったんだから一緒に食べようよ」

「う……ん」

「好きな人と一緒に朝食を食べたりとか、すごく幸せを感じるんだなあ」

「うん、いい匂い」

サナエは笑顔になりベッドからずり落ちるようにして床に座ると、そのまま手を合わせた。

「いただきます」

豚肉の野菜炒めに、出汁巻き卵、豆腐とわかめとネギの味噌汁、納豆、大根の浅漬け。実家暮らしでいながらいつもは朝食を抜くことも多いというサナエだが、ケンの家では、起きぬけでもおうせいな食欲を見せた。ケンの見るところ、彼女は腹が減っているから食べるというより、食べる行為を楽しんでいるふうだ。

「緑茶でいい？」

「うん」

食後の飲み物でもカフェインの覚醒効果を狙っているため、コーヒーか緑茶の二択しかない。ケンは伊万里焼《いまりやき》の急須で、濃いめのお茶を淹《い》れる。

「朝ご飯食べたら、眠くなっちゃった」

お茶を飲んだあとトイレで用を足してきたサナエは、ベッドの真ん中へ再び寝転がった。

「今日の予定どんなだったっけ？」

「四時に友だちと渋谷で待ち合わせてるから、ここを三時にでも出れば大丈夫」

「それまでにどっか出かけない？」

現在九時五〇分。みすみす午後三時までここで寝られてしまうのなら、やり残した仕事ができなくてもせめて、彼女と外で能動的なことがしたいとケンは思う。

「いいよ、どうせ夜出かけるし。ケンちゃんも寝たら」

自分が出かけるからってずいぶん勝手なことを言うじゃないか。そんな不満を隠しつつ、ケンは言われるがまま再びベッドへ横たわる。しかし朝食による消化器官の蠕動《ぜんどう》運動で身体が目覚めてしまったこともあり、全然眠くない。早くも寝息をたて始めたサナエのゆるんだ顔をこうして朝に見ると、女というより身内のようだとケンは思う。どうすればいいのだ。ベッドとは別に布団がもう一組でもあれば、寝返りのうてる眠りで疲れをとり夕方以降の仕事に備えられるが。アクセス重視で住んでいる都心のこの狭い1Kに、そんなものをしまうスペースはない。五分くらいしてからケンは仕方なしにベッドから出ると、再びHDDレコーダーに録りためた番組をチェックしていった。

サナエも都営地下鉄沿線の千葉県寄りのマンションに両親や妹と住んでいないで、一人暮らしをしてくれないかとケンは思う。自分が彼女の一人暮らしの家に泊まりに行くとしたら、翌朝さっさと帰って一人の時間を確保できるため、日曜を丸一日無駄にしないで済む。食品メーカーの企画部に勤めるサナエには、それができるくらいの経済的余裕はある。

しかし知り合って三年も経ち今年でともに三一歳という年齢からして、実家を出ることをうながせば、そのまま同棲生活というふうに話が転ぶことは目に見えていた。もしくは双方の親の誰かから、籍を入れもしないのに同棲という中途半端なことをするなと反対され、そのまま結婚という選択をつきつけられるかもしれない。友人や仕事上の知人たちから常日頃、倦怠や離婚裁判の話を聞かされているケンとしては、そのふんぎりはまだつかないでいる。

漫然と録画番組を見ながら時計を見ても一一時過ぎと、時間の進みは遅かった。朝食を食べて間もないが、昼食を作ってしまおうか。その作戦も、彼女に帰ってもらえる成功率はケンの経験的に三〇パーセントにも満たない。それでも、なにもしないまま自分の時間を奪われることに耐えられないケンは、いつもわずかな可能性に賭《か》け挑んでいた。

今日は本当に切羽詰まっている。やり残した仕事を片づけなければ、明日から五日間の勤務に支障をきたしてしまうのが明白だ。

一二時半にケンが作ったパンケーキを半分食べたサナエを駅まで送り出したのは結局、彼女の予定どおりの午後三時だった。仕事にとりかかろうと駅近くの喫茶店に入ったケンだったが、混みあった店内で他の客たちのしゃべり声が耳に入ってきてしまい、そしてなにより、遅れてきた身体の疲れにおそわれ、半時間ばかりできりあげ自宅へ戻った。寝不足を補うべく一時間だけ寝るつもりが、アラームも無視して四時間以上寝てしまい、起きてしばらくは仕事にも集中できたが、逆に夜眠れなくなってしまった。午前三時頃にようやく寝ついたケンだったが、翌月曜の朝の六時四〇分にはいつもどおりアラームで起こされ、出勤しても一日中頭がまわらなかった。仕事上のミスをいくつかおかし、周りから白い目で見られた。昨年大規模なリストラを行った会社にしがみついているケンにとって、危機的な状況だった。

午後一〇時過ぎの電車に揺られ帰宅しているとき、月曜はほとんど毎週こんなていたらくであることをケンは反省する。現状を変えなければならない。せめて日曜の自由を自分の手に取り戻すべく、今週末こそ真剣にどうにかしようとケンは思った。

日曜の朝、二度寝を経て八時過ぎに起床したケンは、台所に立った。この一週間で三冊の料理本を買い、彼女を帰らせる朝食の考案にはげんでいた。その結果、起き抜けで食欲がなくとも匂いにつられつい口にしてしまう、スパイス料理が最適だとの結論にいたっていた。スパイスの刺激で体温は急上昇し眠気もとび活動的になり、内臓が二度寝を許さない。おまけに少量でも満足できるため、食べ過ぎて眠くなるラインを超えるリスクも抑えられる。

玉ねぎや鶏肉を炒め深鍋に移したあと、トマトにヨーグルト、各種スパイスを順に入れてゆく。弱火で煮込む間に生野菜サラダの盛りつけまで行いローテーブルへ置き、鍋の火を止め味を馴染ませている間に、ケンはベッドでサナエの腕や脚を揉んだ。

「おはよう」

「おはよ」

「ご飯だよ」

「ああ、それいい……腰もやって」

くるりとうつ伏せになったサナエの肩から腰まで揉むことで刺激を与え、眠くなる寸前でやめそのまま朝食へ誘導することにケンは成功した。

「けっこうスパイス効いてて本格的じゃん。おいしー」

「でしょう」

そして食べ終わる前に、ケンはこの機を逃すまいとした。あ、この前言ってたドラマ録画しておいたから、ついでに見ちゃおうか。食後の睡眠を防ぐため、HDDに録画していたドラマを再生したケンだったが、気づけばベッドに寄りかかった姿勢でサナエは寝ていた。

「見ないの?」

「……眠くなっちゃった」

「じゃあどっか出かけようか」

「もうちょっと寝る」

それから約三時間後、ベッドで寝ていたサナエをケンは再び起こした。

「味噌汁作ってよ」

「え、味噌汁?」

「サナエの料理、おいしいからさ。なんだか、食べたくなっちゃったんだよね」

すると起きあがったサナエはジャガイモと玉ねぎの味噌汁を作りだした。料理を作ると脳の前頭葉が活性化し、覚醒する。

「おいしい！」

朝のカレーの残りとつけあわせて食べたケンが感想を言うと、サナエは喜んだ。

「ケンちゃんのカレーもおいしいよ。私たち、料理の分担とかもうまくやっていけそうだよね」

言われたケンはいささか緊張しながらも笑顔をつくり、肯定するようにうなずく。その後サナエが腹休めと称しベッドに寝転がるのを止められず、彼女の睡眠は午後四時まで続いた。


定食屋で昼休憩をとっていたケンは、食べ終えたばかりの塩辛い揚げ魚定食から得た考察をメモした。週末の料理のヒントになる気がする。

ケンは昔から栄養バランスの整った朝食をしっかり食べるほうで、ご飯を中心として一汁はなくとも三菜くらいはないと気が済まなかった。だから今までつきあってきた女性たちがチャーハンやらパスタ等の一品料理を得意げに作ってくれても、朝昼ならまだしも夕飯も毎回一品料理ばかりだと、内心どこか物足りなさを感じていた。二五、六の頃につきあっていた彼女に一度そのことを口にした折、ひどく罵倒され性格やらなにまで徹底的に否定されたため、それ以降今に至るまで女性の前では決して口にしないようケンは気をつけていた。

女友だちや職場の人とは評判のいい飲食店へ足を運ぶことも多いらしいサナエは、普段は実家で母親が作る料理や、コンビニやカフェのパンなどしか食べない。仕事が忙しいときには遅い夕食をハンバーガー店のフライドポテトだけで済ませることもあるという、ケンには到底受け入れがたい食生活だ。そんな彼女は、ケンの家でたまに一品料理を作る。先日ジャガイモの味噌汁を作ってくれた後にサナエの口から発された、結婚生活を匂わすような言葉に、ケンはいささか緊張させられた。いっぽうで、彼女が作ってくれた味噌汁の味自体は、とてもおいしかった。

サナエはわりと性に対し貪欲だが、一回事を済ませるとすぐ深く寝入ってしまう。まるで深い睡眠の前戯として性交があるかのように。

日曜の朝、目覚める気配の一切ないサナエの寝顔を間近で見ながら、とんでもなくタフな人だとケンは思う。些細なことで起きてしまう自分と比べ、人間として頼もしい。彼女は3LDKの実家マンションに四人で暮らしながら、今も妹と同じ部屋の二段ベッドで寝ている。

およそ三〇年もそうやって生きてきた人間なのだから、交際相手が住んでいる狭い1Kを自分の空間に変えてしまえるのも、当然だろう。いつもケン以上にリラックスした様子で、空間と時間を支配する。

ふと、二度寝から目覚めたはずのケンは、眠気を感じた。午前八時を過ぎているというのに、サナエが発する眠気の脳波に引きずられるかのように、眠りたい欲求にかられるのだ。

しかし、こういう状況下でこれまでは感じてこなかった眠気を、今日に限ってなぜ感じる？

この眠気は、正しくない。ケンはなんとかベッドから出て、台所へ向かった。

デパートの食料品売場で買っておいたウィンナー数種に、塩とスパイスをからめたベークドポテト、ピクルスにスクランブルエッグ。高たんぱくで塩辛いもの少量でそろえた朝食に、パンやご飯といったポテト以外の主食はあえてつけない。

「ご飯だよ」

どんなに深く眠っていてもサナエは、ケンが作った朝食には手をつけた。テレビを見ながら、二人で食べる。

「いつもと違うね」

「バリエーションって、大事じゃん」

少量の塩辛いものを食べることで、いつもより早めに次の空腹感を覚える。糖分をあまり摂取していないぶん、そのときは甘いものを欲する可能性が高い。そこをうまくつき、駅近辺のどこかへでも流行のデザートを食べに行き、そのまま彼女を駅改札まで送る。外出したくなるメニューとして、ケンはこの朝食を用意した。

食べ終わったサナエはケンがすかさず出したブラックコーヒーを半分ほど飲み、ケンへ頬ずりを始めた。

「料理得意なケンちゃん、好印象」

頬をおしあてられながらケンは、さきほどあった、三度寝への誘惑にあらがわず負けそうになっていた感覚を思いだす。取りこまれまいとしてきたが、もう、取りこまれているのではないか。

腹休めにとベッドへ横になったサナエとじゃれあいながらケンは、彼女が自分の生活からいなくなったときのことを考える。少なくともいなくなってしばらくは、とても耐えられないだろう。かつてないほど相手に依存してしまっていることを、ケンは自覚していた。気軽に会えていた友だちも転勤や結婚でどんどん会えなくなっているし、昔は自分の人生の延長線上にあるかもしれないと夢想できていた色々な可能性が確実に減っていっていることも、関係しているのかもしれない。あるいは単に、サナエという個人との相性が抜群にいいだけか。

甘いものを食べに外へ連れ出すというケンの作戦は失敗し、サナエが部屋を出たのは午後四時近くだった。

二度寝から目覚めたケンが時刻を確認すると、午前八時三二分だった。

「おはよう」

「おはよ」

昨夜は性交もせず寝たサナエは、挨拶を返した数秒後にはまた寝ている。

ケンの心境は少し前と比べ変化していた。

仕事はなるべく平日中、持ち帰りがあっても土曜の日中までに終えるよう心がけ、日々を過ごした。すると変わるもので、日曜に仕事をしなくとも、まわるようになった。単にそれまでの自分の納期意識や努力が足りなかっただけということに、ケンは気づいた。

それでもなお、日曜の朝にサナエが寝ているかたわらで、自分一人だけが起きて無為な時間を過ごすこと自体はつらい。それへの抵抗運動として朝食を作るのも変わりない。しかし切羽詰まってやらなければならない仕事もないぶん、前ほど必死ではなかった。

狭い台所で作る朝食も、特別こだわったものではなく、簡単なメニューに戻っていた。焼き鮭に、出汁巻き卵、生野菜サラダ、豆腐とわかめの味噌汁、おくら納豆、大根の浅漬け。ローテーブルに並ぶと、その眺めはケン自身にやすらぎをもたらした。無理なく続けられるような、日常を感じさせるメニューだ。

「ご飯できたよ」

「いただきます」

起きてすぐ、あまりお腹は空いていないはずなのに、今日もサナエはおいしそうに、楽しそうに食べてくれる。

「脂身に醤油たらすともう最高」

「だと思ってさ。結局、こういうのが一番おいしいよね」

食後すぐ淹れた濃い緑茶を半分ほど飲んだサナエは、ベッドに戻らずそのまま寝間着から昨日着てきた服に着替え始めた。食器を片づけながら、ケンは嬉しく思う。二人のこれからに対するこちらの心境の変化を察し、サナエも自分なりに彼氏の要望にあわせた生活をしようと意識してくれたか。

「ねえ、ケンちゃん」

ハンガーに掛かっている上着まで着ようとし、それをやめたサナエがベッドに姿勢良く腰掛けながら言う。

「なに?」

「私、結婚する」

「え……ちょっと待ってよ」

ケンは戸惑い、思わず苦笑してしまった。かつてないほど真剣に、色々なことを瞬く間に考える。二人のつきあいの延長に存在する結婚など、先延ばしにしてきたただの社会的手続きに過ぎないような気もした。さっさと結婚し、そこで自分の居場所を作ろうとしてもいいのかもしれない。

「そういうことをまさか、こういうときに……。おれのほうから、いつかちゃんとオシャレな夜景の場所とかで言うつもりだったのに」

「いや……」

「ん？」

「実はもう、相手とは正式に決めちゃって」

「……はい？」

「昨日言って帰るつもりだったんだけど、楽しかったし、さすがに情もあるしなんとなくずるずると……」

「おれと、じゃなくて？」

「うん」

言葉を失ったケンは床に座り、サナエの顔を見上げた。

「って言うか、私たちが、今さら結婚？」

「そう」

「私からかなり露骨に匂わせてもはぐらかせたまま、散々引っ張っておいて、そんな気あったの？」

サナエは笑ってさえいる。嫌みとしてではなく、本当におかしいから笑っているのだというふうに。

「サナエと結婚したい」

ケンの口から、咄嗟《とっさ》にその言葉は出た。

「だから遅いって」

「結婚する！」

まだ間にあうはずだ。おれから実際にプロポーズされた場合の感情は、サナエの中で今初めて生ずるからだ。ケンは情熱的な感じでサナエを直視した。

「それ、本心なの？　自分でもどうしたいか、わかってないんじゃない」

「……相手とはいつから、どこで」

「結婚相談所。三週間前に知り合って、すぐにこの人だってわかった」

三週間前？　おれが悠長に、ドイツ料理風の朝食を作っていた頃じゃないか。ケンの中でたった三週間前の記憶と、サナエが結婚相談所を通じて知り合った男とごく短期間で互いをわかりあい強く惹《ひ》かれあっている想像が、まったく結びつかなかった。それにケン自身は、バーベキューで知り合った彼女とつきあうまでに一年弱かかっていた。

「そんな短い期間で、互いのなにがわかるっていうのさ」

「さすがに三〇過ぎたら、そういうのは一瞬でわかるよ。逆にケンちゃんがどうしたいのかは、二年つきあってもわからなかったし」

「知り合ってからは三年だよ⁉」

「じゃあ、三年接していても、ってことよ」

ケンが黙ってしまっていると、サナエは広げていた荷物を牛革のバッグにしまい始めた。

「他の荷物、あとで送ってね。着払いで」

立ち上がったサナエはあたりを見まわし、取り急ぎ必要な物の見落としがないか確認する。

「あ……え、ちょっと待って」

「話したいことはたくさんあるだろうけど、ケンちゃんも時間おいて冷静になってよ。とりあえず今日は、家に帰るから」

サナエは玄関へと歩き始めた。

「昼でも食べてかない？」

「朝ご飯、ごちそうさま」

そしてケンは、日曜の時間を、自分の手に取り戻した。

みせない

年賀状を右手に持ったマルオカ・ユウダイが午後九時前にマンションのエレベーターで一階へ下りると、開いたドアの前に男がいた。

「こんばんは」

会釈《えしゃく》とともに口にしたものの、三〇代後半とおぼしき住人から挨拶は返されなかった。

「あけましておめでとうございます」

閉まり始めたエレベーターのドアの向こうに立つ男に向かい、マルオカは衝動的に、それも大きな声で言ってしまった。エントランスに声が響いた。閉まったドアの窓部分にうつる男は斜め下を向いたままで、エレベーターは上昇していった。ダウンジャケットを着ていた男はこの分譲マンション八階の住人であり、平日はスーツ着用で出勤している。他には、マンション規約に反し衛星アンテナをベランダの手摺りに取り付けていることくらいしかマルオカは知らない。賃貸の住人ならともかく、分譲を買いそれなりに長く住むはずの住人がとる行動として、挨拶をしないのは理解に苦しむ。少なくとも壮年の男は、自分が危険な人間でないことを周囲に知らせるため、利害関係のない他人にも挨拶しなければだめだろう。

マンションを出たマルオカは高架線路に面した道をウォームアップのペースで走りだす。駅近くにもかかわらず、人通りは少なかった。自身のウィンドブレーカーが擦れる音を聞き始めて間もなく郵便ポストに着き、四枚まとめて投函すると、走りの速度を上げた。線路から離れるように南側へ進んでゆくと、夜も深くない時間帯であるが、車道の真ん中を走っていても大丈夫そうなほど空《す》いていた。

今朝実家のテレビで見てきた箱根駅伝中継がマルオカの脳裏に蘇《よみがえ》る。結局のところ年末年始でなまった身体に鞭《むち》を入れるためというより、大学生選手たちの姿に感化されこうして走っているだけなのではないか。三四歳になった今でも、見たものに影響されやすいのは一〇代の頃と変わっていないのかもしれない。走るのは、膝に不調をきたしていた先月中旬以来、半月ぶりだった。

カメラマンという職業で良い写真を撮るには、フレームの中で上手い具合に対象物が配置されるよう、撮り手の側《がわ》が動く必要がある。あちこちを歩き回ったり、背伸びしたり、屈《かが》んだりという動作を億劫《おっくう》がるようになっては、終わりだ。だから、マルオカは身体には気を遣っている。

高低差十数メートルほどの坂を下ると、競馬場の外周につきあたる。門と塀沿いの道を時計回りに走っていると、逆回りに走ってくるジャージ姿の青年を視認した。聞こえてくる、コントロールされた呼吸のリズムに安心する。何かから逃亡したり襲いかかってこようとしたりしている人間ではない。擦れ違う際、マルオカはフォームを過剰に正し、自分もジョガーである事を示した。

時計回りに走るマルオカの右側に在《あ》り続ける競馬場は無音で、中を一望することはできない。年が明け、次にいつこの競馬場でレースが開催されるのかもマルオカは知らない。有名なレースの前日には、三カ所ある門のそれぞれに、席取り組がシートや新聞紙を敷いて並んで座っていることもあった。年中通っているコースのためそんなことは把握しているが、一丁目一番地に位置する競馬場の中でどんなことが実際に行われているのかは、競馬の賭《か》け自体に興味のないマルオカにとっては不可視であった。

大量に酸素を摂取しながらのリズム運動は、なまった身体を覚醒させた。電車と徒歩で一時間強かかる実家での二日間にわたる過多な飲食が、帳消しにされるように感じる。競馬場の外周二周目の途中で脚が疲れ始め、マルオカは半月のブランクを自覚した。しかし少なくとも、馬たちが走る一レースぶんの距離より長く走っている。

汗だくでマンションへ帰り着くと、数時間ぶりに郵便受けをチェックした。年賀状が届いており、数えてみると四枚あった。その場で差出人を確認しかけたところで、エントランスの自動ドアが開き誰かが入ってきた。体重の軽い女性の、ヒール特有の硬質な足音だ。

「こんばんは」

顔を向けマルオカが挨拶すると、ファー付きの白いコートを着た女性が会釈を返した。

「こんばんは」

少しかすれ気味の声、そして近づいてくる姿に、マルオカは噂を思いだした。この駅前マンションには有名女性歌手の両親が住んでおり、娘である女性歌手が時折顔を見せに来る。目の前にいる人は、その女性歌手当人に違いなかった。

マルオカの横を、郵便受けのチェックもせずに女性歌手は通り過ぎる。そのままエレベーターの前でボタンを押してすぐエレベーターは下りてきて、マルオカも一緒に乗り込み一一階のボタンを押した。最上階である一五階のボタンも、点灯している。

上昇を始めた狭いエレベーターの中、自分の背後に、有名女性歌手が立っている。マルオカはその偶然性を面白がった。汗だくのウィンドブレーカー姿の男を見て、かつて一度だけ一緒に仕事をした相手だと思いだせるわけもないだろう。日頃多くの人々と会う有名人にとって、無名人は顔なしと一緒だ。

「おやすみなさい」

そう口にして一一階で降りたマルオカは、年賀状を手に自室へ戻った。

＊

起きて着替えたあと、マルオカは返事を書いていない年賀状四枚と年賀はがき一一枚、それとボールペンを持ちエレベーターで一階へ下りた。郵便受けをチェックすると、年賀状が二枚届いていた。

外に出てマンションの壁沿いに数メートル歩き、一階にテナントとして入っているカフェへに入る。カウンターで女性店員にモーニングセットを注文し受け取ると、空いている店内のガラス壁に面した席についた。

ＢＬＴサンドを食しカフェラテを半分飲んだところで、マルオカは計六枚の年賀状を一枚一枚めくる。仕事関係で二通、家庭をもつ知人たちから三通、マンションを買うとき世話になった不動産会社の担当者から一通。今朝届けられていた不動産会社からのものは除くとして、残る五通には返事を書く必要があった。

それにしても、一月二日の夜から三日の朝にかけて届く年賀状はなんなのだろうと、マルオカは思う。電子メールが普及して久しい時代に、わざわざ数十円ばかり費用のかかる年賀はがきへ新年の挨拶をしたためる労をかけながら、元日に届くようにする納期意識は希薄という、なんとも不思議な便りであった。

マルオカは年賀状を自分からは出さず、返信しかしないため、届く年賀状はどれも返信として書かれたものではない。あるいは、一年前の正月にマルオカが返信した年賀状への返信といえるのかもしれない。消印のつかない年賀状は、どちらが先に送ったのかに関し、各人の記憶以外に判別の拠りどころがない。

この三日間で届いた年賀状は二種類に大別できた。仕事関係のものと、パートナーや子どもの写真が載せられた知人からのもの。どちらも写真や、組織によるテンプレートフォーマットが印刷されていたり、絵柄のついた年賀はがきが最初から用いられていたりと、白地の部分がほとんど残っていないところは共通していた。手書きで一筆記すスペースもなくしたいかのごとく余白は削られており、仕事関係のものでは一筆すらないものも多かった。

今マルオカの手もとにあるうち大手出版社雑誌部署からの一枚も、手書きの文字は見あたらない。裏面下方にはメールアドレスが記されており、そのアドレス宛にマルオカはメールを送ったこともあった。つまり互いにメールアドレスを知っている関係にもかかわらず、先方は、手書き文字皆無で一〇〇パーセント印刷による年賀状を送る行為を選択したわけだ。

マルオカが返信するにしても、メールで送ったほうが早いし、金もかからない。そうする場合、文面はどうすべきかとマルオカは思った。印刷による視覚的ごまかし、それ以前に年賀はがきというフォーマットの効力を借りることができない場合、挨拶の文面といえどもテキストのみで構成される内容には、ほんのわずかでも思慮を求められる。昨年末に起こったちょっとした面白い話や、実現しなさそうな仕事の約束等を書かねばならないのだろう。なにより、電子メールを送った日時が相手にはっきりと知られてしまう。中身のある、早く届く電子メールより、形式だけで中身のない、いつ送られいつ届けられるのかも不明な年賀状のほうがやはり適しているのかもしれないと、マルオカは思い至った。

買っておいた年賀はがきの裏面にはなにも印刷されておらず、相手の住所等もすべてボールペンで手書きしてゆく。真っ白なスペースになにを記すべきか、マルオカは一枚目で迷った。大学時代の友人からの、二歳になった子どもの写真が印刷された裏面の余白に「ちゃんとやってるか？」と一文手書きしてきた年賀状に対し、手書きのみでどう返すか。

〈あけましておめでとう。長男くん、そっくりだな！〉

少し考えて書いた文章はそれだった。中身がない文面にもかかわらず、真っ白なはがきの中央に縦書きされた文章は、それなりに様になっていた。象徴としての年賀状にはこれでじゅうぶんだとマルオカは判断し、同じ要領で他の年賀状にも中身のない手書き文章をしたためてゆく。すると、形式に形式をもって返す行為に、自分が社会とコミットメントしている安心感を覚えた。

三枚目の返信を書いている途中で、店に入ってきた客へとマルオカの目がいった。ライトブルーの薄手ダウンジャケットに下は黒レギンスという後ろ姿を視認しただけで、あの有名女性歌手だとわかった。注文カウンターに向かった女性歌手の横顔がのぞける。ピンク色の長財布を手にしているだけの軽装だ。両親の住む築三年のマンションに帰省中で、今日もすぐ帰るわけではないのだろうか。自分より一つ年上の、紅白歌合戦にも何度か出場していた彼女が東京郊外まで私鉄に乗りやって来たともマルオカには考えにくい。乗ってきたであろう高級車がこの付近の駐車場に停められているのかもしれない。

しばらく年賀状の返事にとりかかっていたマルオカが再びさりげなく見ると、奥の席に女性歌手は座っており、テーブルにはモーニングセットが置かれていた。女性歌手はちょうど視線の延長線上にマルオカの席が位置するほうを向き座っているが、手元でいじっている携帯電話にかかりっきりでマルオカからの視線には気づいていない様子だ。そして、数少ない他の客たちや至近距離で対面したはずの女性店員といい、誰一人として有名女性歌手へ意識を向けている者はいないように見えた。あの女性店員にしても、女性歌手に似ていると一瞬くらいは思ったかもしれないが、まさかここのような東京郊外に有名人が来るはずがないと決めつけたのか。あるいはただ単に、まったく気づいていないのか。

それも無理ないかもしれない。マルオカはそう思いながらガラス壁の外へ目を向け、カフェラテを口にふくんだ。メディアに出回る女性歌手の顔写真は、そのどれもがすべて、彼女専用の黄金比率フォーマットで修整されている。

三年前、エンターテインメント雑誌のインタビューでマルオカが撮った写真でも、大きな修整を加えさせられた。指示されたとおりに修整したのはマルオカ自身だったが、印刷された雑誌の誌面で目にしたとき、自分が撮影したのとは別の人物が写っているのかと錯覚しかけたほどだった。赤みの目立っていた肌荒れは白くなめされ、目は大きく拡大され、全体的に輪郭やパーツの配置が本人とは異なっていた。本人を対面で目視した人間として、脳が真贋《しんがん》を見分けようとするのを避けられなかった。

自分が撮ったオリジナル写真は必要だったのか、とさえマルオカは当時感じた。所属事務所により指定された専用の黄金比率フォーマットであそこまで修整してしまうのであれば、女性歌手と少し似た別人の顔写真を用いてもさほど変わらない気がした。もはや本人写真など不要とされたうえで、象徴としての本人写真を撮らされただけなのではないか。

マルオカは店内奥へ再び目を向けるが、女性歌手は周囲の視線を警戒するでもなく手元の携帯電話をいじっており、気づかれないことにも慣れている様子だ。

五枚の年賀状を書いたマルオカはカフェをあとにすると、最寄りの郵便ポストへ向かいかけて、足を止めた。別の建物に阻まれ見えないが、距離にして三〇〇メートルほどの近距離にそれはある。しかし昼頃にまた新たな年賀状が届くかもしれず、それらへの返事を書いてからでもいいだろうと、自宅へ戻った。

マルオカは午後三時過ぎに私鉄で都心へ向かった。学生時代の友人たちと集まるのは午後六時を予定している。早めに家を出たのは、正月にしか見られない街の光景を目にし、空気を体感したかったからだ。

自宅最寄駅や私鉄車内は人気《ひとけ》もまばらだったにもかかわらず、商業施設の並ぶ都心だけは人々であふれている。そこにしか人がいないというのが、最終戦争後の荒廃した世界を思わせた。

レコードショップに立ち寄ったマルオカは、邦楽フロアのポップスコーナーへ足を向ける。マンションで見た女性歌手のCDがシングルとアルバム含め二〇枚近く並べられており、その過半数は一〇年ほど前までに物凄い勢いでリリースされたものだった。

マルオカは覚えのあるアルバムを手に取る。ジャケットの写真はマルオカが撮ったものではないが、三年前のインタビュー時に先方がプロモーションしていたアルバムだ。ジャケットの大きな顔写真を凝視しているうち、マルオカにはこの写真も実は自分が撮ったものなのではないかという気がしてきた。実際にはこのジャケットが完成した後に、マルオカはエンターテインメント雑誌のインタビューに同行し、女性歌手と初対面した。

近くの小型液晶モニターからは大人数女性アイドルグループの新譜プロモーション映像が流れており、高さ二メートルほどもある特大のポップも置かれていた。有名男性プロデューサーによりプロデュースされたアイドルたちは、同じ衣装、楽曲、メディアへの露出方法、頭数等、用意されたフォーマットにあてはめられており、その構図が見えすぎている様はまるで、発展途上国の子どもたちに対する搾取労働のようにも見えた。

人気や魅力は自然発生的であるのが良しとされ、人為的に作られた跡を消すのが大事だった有名女性歌手の時代までとは、明らかになにかが違っている。作られた形跡を消さないと人気者になれないとされていたのに、むしろ今では、作られた感こそが受け入れられるとは、どういうことなのか。たった一〇年ばかりでそういう変化が起こった。特大ポップの各人の顔はまとめて見ると、マルオカには全員同じ顔に見える。そして不思議と、年齢も服装もメークも大きく異なる有名女性歌手とも、同じ顔に見えてくるのであった。


飲み会からの帰り道、終電一本前の私鉄車内の混み具合と、アルコール臭さがおりなす雰囲気は最悪だった。半時間ほど乗車の末解放されたマルオカは、降車駅の寒いホームにおいて、顔全体で血管の脈動を感じた。毛細血管が開かれ身体の表面に熱が集中し、かわりに中心部分が熱を失う感覚。つまり、酔っている。マルオカ自身も、今し方乗っていた電車内の酔客たちの一部にすぎなかった。心臓の脈動にあわせ右後頭部の上方がずきずきと痛み、荒い鼻呼吸の音が獣じみている。近くにいた二〇歳前後のカップルが視線を向けてきた後、お互いの顔を見合い無声で笑った。

マルオカはマンションの郵便受けをチェックし、届いていた一枚の年賀状を読みながらエレベーターで一階へ上がる。もう五年以上仕事をしていない雑誌編集者からのものが、こうして正月三日目の午後に届いた。

トイレへ行き、手洗いうがいも済ませリビングのカウチソファーに横たわる。心室からの血流の勢いが頭にそのまま伝わっているような不快さがある。頭が重いこの状態では、眠りにつくのにも時間がかかるだろう。マルオカは起きあがると水を飲み、トレーニングウェアに着替えた。

ダメだったらすぐ帰る心づもりで外へ出て、ゆっくりとしたペースで走りだす。頭痛がひどくなるわけでも、吐き気がこみ上げてくるわけでもなく、大丈夫そうだった。ストライドは短めに、ピッチは普段と同じペースで走る。正月の深夜、人通りも車通りもほとんどなかった。

ゆるい下り坂へさしかかるとき、マルオカの視線の先には競馬場の正門が見える。あの敷地が競馬場らしく見えるのはせいぜいここから見たときくらいで、坂を下った地点から競馬場を眺めても、目に入る情報量が少なくそこがなんなのかはよくわからない。どこからも競馬場全体を一望することはできず、一丁目一番地の中心になにがあるのかはわからないのであった。

坂を下り正門の前まで来たマルオカは、普段とは逆の反時計まわりで、競馬場の外周を走り始めた。皮膚表面近くの毛細血管に行き渡っていた血液が、身体の中心へと戻されてきている。敷地の内外に点在する水銀灯は明るく、進行方向の左手、脈打つ心臓と近い側に、競馬場は在り続けた。

高速道路高架沿いのまっすぐな道をしばらく進み、再び左カーブの道に入って間もなく、マルオカは進行方向十数メートル先にいる人のシルエットに気づいた。男だ。身長は平均より少し低めで、年齢は二〇代後半以上、いっても五〇代半ばまでか。緩慢な動きは酔っぱらっているのか。若者であれば仲間もいない郊外の闇に一人でいることもなさそうだし、老いた人間がふらつくにしては真冬の深夜は寒すぎる。男との距離を縮めているマルオカは、段々と緊張してきた。目深《まぶか》にかぶったニット帽に、ぶかぶかのスタジアムジャンパー、手に持っている空き瓶らしきもの。避けて通ろうにも、車道を挟んで反対側の競馬場の塀沿いは歩行者スペースが無きに等しいし、車道を走ればブラインドカーブから飛びだしてきた車にひかれる可能性もある。男のすぐ側を通り過ぎるほかなかった。

立ち止まった男は身体を競馬場へ向け、顔だけマルオカへ向けてくる。スタジアムジャンパーのポケットに突っ込んでいる右手には、ナイフでも握られているかもしれない。それとも空き瓶こそが、凶器なのか。マルオカは最大限警戒する。わからない、という不可視具合によりおそらく実態以上に増大された、負の方向性の大いなる力のようなものが、相手からは漂っていた。

威嚇するように口呼吸の音をあらげたマルオカが、視界の端でとらえるかのように見てくる男のすぐ横を通る際、特になにをされることもなかった。

数秒経って後ろを振り向くと、男と視線があった。警戒している目だった。

マルオカが前を向きしばらく行くと、三叉路《さんさろ》に路上駐車してあるセダンのサイドウィンドウに、水銀灯で照らされた顔が反射して映り、マルオカは足を止めかけた。赤ら顔の、何をしでかすかわからない酔っぱらいそのものであった。そんな男が年始の深夜に一人で黙々と走っているのだ。狭い夜道で擦れ違ったら、誰でも警戒するだろうとマルオカは感じた。

＊

アラームで目を覚ましたマルオカは、二度寝したい衝動にかられつつ、強烈な尿意にも負けベッドから起きあがる。用を足しリビングのカーテンを開けると、朝日が差し込んだ。ローテーブルに置いていた携帯電話のメインディスプレイを見て、一月四日の午前八時四三分であることを確認した。仕事へ向かう身支度のため起きたものの、食欲はあまりなく、マルオカはノートパソコンでメールチェックを行った。

老舗《しにせ》出版社の雑誌編集者と、直の面識はないが大手出版社のオンライン事業部の編集者から、新年の挨拶メールが届いていた。本当はまだ休み中で、会社のメールアカウントだけ利用して送ったのか、出社して送ったのかはわからない。徐々に人々が戻ってきて、また日常がまわりだしたという実感を受け手に与えた。マルオカは機材の用意をし、実家から持ってきたおせち料理の残りを食べ、着替える。

歩いて駅へ向かう途中、中型トラックと同じくらい横幅が広い白のハマーが、マルオカの右横を徐行速度で通り過ぎた。ここから遠い、品川のナンバーだった。正月の東京郊外に似合わぬ高級外車は、有名女性歌手の車か。やがてハマーは右折し、高速道路へも接続できる街道のほうへ向かった。

ぎりぎり座れない混み具合である私鉄の最後尾車両の窓辺に立ち、マルオカは携帯電話でFMラジオ局の放送を聴く。女性DJがしゃべっているいつもの平日と異なり、正月用の特別プログラムとして、男性DJがしゃべっていた。

自分で選別した音楽を聴くこともできるが、一〇代前半で携帯型音楽プレーヤーを手にして以来、好きな曲を聴く、ということをずっと続けていれば、自分で選んだ曲やその行為自体にも飽きてしまい、マルオカはここ一〜二年、ラジオばかり聴くようになっていた。二〇代前半頃から新譜を聴くことが如実に減り、音楽に関しかなり保守的になっていたものの、三〇代半ばにしてまた一〇代の頃のような開拓精神を抱きだしたとマルオカは感じていた。昔と違うのは、特定の曲への偏執狂的な愛着よりも、新鮮さを渇望している点だ。自分の意志で選ぶ、ということの物足りなさを知ってしまったことが、成長なのか、老いなのかは、わからない。

するとCM明けに女性の低い声が聞こえ、DJにより、その女性ゲストがあの有名女性歌手だと紹介された。マルオカの脳裏に、つい十数分ほど前に見たはずの白いハマーが甦《よみがえ》る。ハマーに乗っていたのは、女性歌手ではなかったのか。それとも、今耳にしている女性歌手の声は、録音されたものなのか。ゲストコーナーだけ別録《べつど》りということはよくあるが、そのように編集されているのか、いないのか、マルオカにはわからない。

やがて電車が地下へ潜りはじめ、ラジオ放送が途切れた。地下トンネルに反響する轟音が耳に伝わる。車内と闇を隔てる窓になにかが映り、それが自分の顔であることに、マルオカはしばらくしてから気づいた。

都心へ出たら、昨日出しそびれた五枚の年賀状を、郵便ポストに投函する。郊外から出すよりそのぶん、早く届くだろう。するとマルオカには、電車に乗ったこの移動が、時間の経過を早める特別な歪《ゆが》みのようにも感じられた。

成功者Kのペニスオークション

Kはついに成功をおさめた。

それは待ちに待った、多大なる成功だった。

連日のように、自宅に花束やシャンペン、電報が届けられ、狭いワンルームに足の踏み場がなくなるほどだった。広い部屋へ引っ越しをしたくとも、むこう一年は身動きがとれないほど、さまざまな予定がここ数日間でびっしりまいこんできてしまっていた。成功者Kは、どうするんだよまったく、と部屋で一人胡蝶蘭《こちょうらん》を見下ろしながら嘆いてみるものの、それは嬉しい悲鳴でもあった。

成功者Kは、群がってくる女性たちにすぐ手を出しかけ、すんでのところでそれらの誘惑をおしとどめた。成功をおさめわずか数日しか経っていない時点で誰か一人にでも手を出してしまえば、もっとレベルの高い他の女性に手を出すことが難しくなってしまう。なりふりかまわずやれる男もいるのであろうが、成功者Kはそこまで豪胆ではなかったし、悪評がたつのをおそれた。

集まってくる女性たちの中から最もレベルの高い女性を選ぼう。こうして、誰に己《おのれ》の大事なものを捧げるかのつり上げ作戦が――成功者Kのペニスのオークションが始まった。

「今回の作品で、伝えたかったことはなんですか？」

「短い言葉で言い表せてしまうような矮小《わいしょう》な作品は、作っていません。強《し》いて言えば、そういう不躾《ぶしつけ》な質問に答えなくてもいい自由があるということを、提示してゆきたい。役にたつとかたたないとか、二元論的な物言いから外れたところにある余白の部分にこそ、表現者が表現をする意味があるのではないでしょうか」

朝から連続しまとめてこなすインタビューで、女性記者に質問されても、成功者Kは強気な態度で答える。自信のみなぎるその顔つきや力強い物言いは、成功する以前の覇気のなかった彼からは見違えるほどの変化だ。ここ数年の彼を知っている周囲の者たちは、その変化に舌を巻かざるをえなかった。

「では、受賞されて、なにか創作に変化はありましたか？」

「うーん、どうでしょう。何年かあとで事後的にふりかえってみて、ようやく自覚できる程度のものだと思うんですよね。大きく変化してしまうほど骨のないスタンスは、とっていませんから」

朝から夕方まで続いたインタビューを終えると、社から出してもらったタクシーに乗り自宅へ帰る途中、予定を変更し新宿で降りた。伊勢丹メンズ館へ入り、インポートブランドショップで服を物色し、値札も見ずに三つの店で六着買った。

そのあとで近くのマルイメンへ入ってみると、すべてが安っぽく見えて仕方なかった。

「もう伊勢丹でしか買い物できないな」

彼としても、マルイになんの恨みもなく、申し訳ない気持ちはあったが、水準の上がってしまった審美眼をもとに戻すことは、不可能だった。

「あと銀座とか」

靖国通りからタクシーに乗り、再び自宅へ向かう。電車に乗っても、歩く時間含めて三〇分もかからない距離を。なんなら道路が混雑している夕方、タクシーで行くほうが時間のかかることが、成功者K自身にもわかりきっているにもかかわらず。

ゆっくりとしか進まないタクシーの車内で、成功者Kは携帯電話のボタンを連打する。成功を収めたその瞬間から、成功者Kの携帯電話は祝辞を述べたり言い寄ってきたりする人たちによる電話着信やメール、SNSメッセージ受信により振動することをやめず、それにいちいち反応していた結果、ボタンがバカになってしまった。買って半年しか経っていないというのに。

しかしそれも、成功者が払う代償としては、あまりにも軽い。

そうとらえる成功者Kは、数十件ある未読のメッセージ等から数人の女性たちに返事をすると、自宅最寄りのコンビニでサラダを買い、募金箱へと気まぐれに募金した。みんなに幸せをわけてあげたいという気分になれたのも、成功をおさめたからであった。成功者Kは、世界平和を望んでいる。飢餓や空爆、若い命が失われてしまうようななにかしらの負の連鎖などが、本当になくなってほしいと思っている。心の底から。

来る日も来る日も、Kの壊れかけの携帯電話は振動することをやめない。登録していない相手からの連絡に対し、どうやら女性からの連絡らしいと推測できたものには、丁寧でいながらどうとでもとれる返事をした。名前と顔のわからぬ相手とやりとりを重ねるうち、成功者Kをかつてふった、当時の自分にとっては高嶺《たかね》の花だった女性だとわかったりした。

インタビューの合間にポツポツと本業の創作活動をこなし、息抜きに色々な女性たちと会った。

家の近くのバーでとある女性と飲んだ後、やたら早急に距離を近づけてこようとする三〇歳前の彼女に対し、結婚前提の交際願望のにおいを感じたKは、甘く勃起した愚息《ぐそく》を岡山産ジーンズの一四オンスの分厚い生地の下に隠しながら、駅まで送ったあと、一人自宅へ帰った。性欲を抑え見送ったことで、また女のレベルをひとつ更新したと感じる。

「オレ史上、高値更新中だ!」

4Kテレビでポルノ映像を再生させながら、成功者Kは己の硬く怒張したペニスを鎮めるための行為を行った。

その間も、携帯電話は数分おきに振動し続けた。


金屏風の前で、無数のフラッシュに照らされる、二〇代前半の青年。インターネットの生中継で放映されているその模様を、成功者Kは自宅のノートパソコンで見ている。

「今のお気持ちを、誰に伝えたいですか？」

「母です」

成功をつかんだ半年前のその日、成功者Kも同じ場所に立っていた。青年はいってみれば、成功者Kの後任となる、次なる成功者だ。

まさかこうして突然の成功をつかむとは予期していなかったのか、青年の着ている服はまだらに色落ちした深緑色のシャツに、野暮ったいシルエットのストレートジーンズ、赤いハイテクスニーカーだ。カラーバランスからすべてがちぐはぐだが、金屏風の前に立つ彼の素朴な感じがシンデレラストーリーを体現しているようで、カメラのフラッシュや質問はやまず、成功者Kもついつい会見が終わる最後まで見てしまっていた。

成功者Kより数歳若い新たなる成功者の姿は、輝いている。

成功者Kの携帯電話は、日に数件の着信や受信しかない。それも、仕事関連のものばかりだ。

完全に、機を逃した。

つけあがりが過ぎた。

成功者Kのペニスは高値を更新するどころか、いくらか値下げして提示してみても、誰も求めてこなくなっていた。

なんとなくうずきをおぼえる成功者Kは、携帯電話のアドレス帳を丹念に吟味してゆく。やがて、一人の女性の名前に目がとまった。

メールをチェックし、彼女から届いていたはずのメールを読み返す。成功者Kが多大なる成功をおさめたその日から何通も届いていたが、成功者Kはただ一通、〈ありがとう〜〉という返信をしたのみで、他のメールに関してはすべて無視を決めこんでいた。

その女性は、成功者Kが成功者になる前から知っている人だった。会話の間《ま》はあまり合わない感じだったが、顔は平均よりちょっといい彼女のことを思い浮かべながら、成功者Kは二ヶ月前に届いたメールへの返信メールをうつ。

鶯谷《うぐいすだに》にある彼女のマンションで、成功者Kはおぼろな意識の中、なんとか目覚めた。なぜだか身動きがとれない。ベッドに縛られていることに、やがて気づいた。

部屋に上がりこんですぐ出されたシャンペンを飲み、キスをしたところまでは覚えている。そこから先の記憶がない。

台所のほうから、なにかの準備をしている物音が聴こえる。

メンヘラの彼女がグラスに注いできた飲み物を、さしだされるまま一息に飲み干したのは、あまりにも無警戒だったか。上がってくる心臓の鼓動を感じながら、成功者Kは反省する。炭酸の刺激に隠れ、なにかを混ぜられていたことにも、全然気づけなかった。

やがて、お盆の上に色々な道具をのせてやってきた裸の女の左手首に、無数の線傷を見た。


翌日午前中、インターネットオークションサイトで、成功者Kのペニスが出品された。しかし規約に反したグロテスク画像掲載の出品物はイタズラと判断され、ものの一〇分でサイトから削除された。


暗闇の中で、衰弱しきった男のうめき声がする。

「もっと、かきたかった」

自瀆《じとく》中毒者の彼にとり、マスをかきたかったのか、それともなにか文章を書きたかったのかどちらなのか、我々には知る由《よし》もないが。

なぜ自分は、今までそれを

「それでは、また、連絡させていただきます。ありがとうございました」

先方に礼を言い、しばらく歩いて相手の死角に入ったわたしは、スマートフォンを手にとった。午後一時三二分。会社の出張で金沢へ来たが、用事は予定より早く終わった。この時期は混むからと、帰りの午後三時五五分金沢駅発の新幹線チケットはすでに買ってある。

二時間以上、あいていた。それならと、新幹線の時間変更という選択肢を意識から排したわたしは、あらかじめ目星をつけておいた場所へ行こうと、目的地までの経路を検索する。近くのバス停からバスに乗り、数分間進んだ先で降り、また少し川沿いの道を歩き、町屋がならぶ区画に入った。

ここが、ひがし茶屋《ちゃや》街《がい》か。京都など、木造の古い建物が並ぶ景観が好きだから、前々から来てみたいとは思っていた。平日の昼、さほど混んではおらず、観光客たちがまばらに歩いている。歩いてみると、築一〇〇年くらいは経っているらしい建物の一軒一軒には風情があるものの、妙に清潔というか、きちんと改修を施されているのがぱっと見てわかる。食べ物や工芸品を売っているそれぞれの店の窓に寄ると、店内はどこも現代的な造りだった。外側だけ当時の趣《おもむき》を残し他はまるっと作り替えてしまった「築一〇〇年」とはいったいなんなのだろう、と思った。ただその雰囲気自体は好きだから、わたしは二〇分ほどで茶屋街を一周し、抹茶デザートの店に入った。

ぜんざいやアイスの入った抹茶パフェを食べた後、また辺りを歩いていると、その子が目に入った。

薄茶色の毛並みの、猫だ。

町屋と小さな駐車場の間の小道で寝ている猫は、わたしが中腰の体勢で近づいても、まったく逃げようとしなかった。にゃーという鳴き声は高く、まるで仔猫の鳴き声のようでもあるが、でっぷりとしたその身体はかなり大きめだ。よく見ると右耳に三角形の切れ込みがあり、自治体により去勢手術を受けさせられた野良猫だとわかる。

「にゃー」

その場にしゃがみこんだ私は、背中を撫でる。嫌がらない。それどころか、頭をおろし、後ろ脚を立たせ尻を高くつきだしてきた。尻尾の付け根あたりをかくと、その姿勢をキープし続ける。他の箇所はどうかと思い、背中の真ん中辺りをかいてみると、わたしのほうを振り返ってからいったん寝る姿勢になり、また肛門が見えるような姿勢で尻をつきあげてくる。その姿が愛らしく、わたしは満足そうな猫の鳴き声を聞き、わたし自身も「にゃー」と鳴き続けながら、尻尾の付け根をかき続けた。マンション住まいで今は猫を飼える環境にないが、猫飼いたいな、と思った。

やがて、接近していた車の音に気づいた。茶屋街の飲食店に出入りしているのだろう、荷物をたくさん積んだ商用車の軽トラックがわたしたちの後ろにいた。わたしは立ち上がり隅に避けようとしたが、それより先に軽トラックのほうが数メートルバックし、方向転換すると、去って行った。猫を邪魔しないことに慣れているような、無駄のない見事な運転だった。

「おまえは、愛されてるんだにゃー？」

にゃー。ずんぐりとしたその猫の毛並みは、町屋の色あせた木材の色とほとんど同化している。白髪の割合が増え今の色になっているようで、わりと歳を重ねた猫なのかもしれない。尻尾の付け根から手を離し、見当違いのところを撫でるという意地悪をすると、すぐにまた尻をつきあげてくる。迷いのないその動きは、この猫が、地域一帯の人々から、かわいがられ慣れていることを示していた。さっきわたしが行った店の女性店員さんたちも、仕事帰りに、かわいがったりするのだろうか。どちらに対しても、いいな、うらやましいなと、思った。

翌日午後、忙しくしていたわたしは、オフィスであくびをこらえていた。そのかわり、OAチェアーのハイバックに背をもたせかけ、両腕を上げ大きく伸びをする。すると、斜め後ろのデスクにいる後輩から、「樫山《かしやま》さん、いりますか?」と声をかけられた。OAチェアーに座ったまま身体ごと振り返ると、早樹《さき》ちゃんが、小さな缶を手にしていた。

「フリスクです。桃味の」

「うん」

わたしは二粒受け取り、口に入れた。桃の香りがした。

「ありがとう早樹ちゃん。この前ももらっちゃって。もらってばっかり」

「私、樫山さんにこういうのあげたことありましたっけ? いつもは違うの買ってますし」

「違ったっけ? ……他の人から、もらったのかな」

「きっと、清水くんじゃないですか?」

清水くんは、早樹ちゃんより四歳若い。早樹ちゃんに言われてわたしは、会議のときに隣席だった清水くんからもらったことを思いだし、うなずいた。

「そういう粒のリフレッシュお菓子、みんな持ってるよね」

「わたしも清水くんもタバコ吸わないですし」

「どういうこと?」

「タバコ吸う人は喫煙所に行けば息抜きできますけど、吸わない人は昼寝くらいしかないじゃないですか。でも若手社員が課長みたいに、堂々と机で寝られませんよ。清水くんは、たまにトイレで寝てるみたいですけど」

「げ」

「トイレで気分転換は、いやですよね」

「うん」

非喫煙者や、職場で簡単には昼寝できない立場の人にとっての気分転換が、リフレッシュお菓子なのか。だから皆、持っているのか。わたしは納得しかけるが、そんなことを言ったら、わたしだってタバコは吸わないし、なんとなく遠慮して、デスクで昼寝をしないようにしている。つまりリフレッシュお菓子を買う必然性に満ちていたわけだが、これまでたぶんただの一度も、買ったことがない。

なぜ自分は、今までそれをしてこなかったのか。

そういったことは、他にもたくさんあるような気がした。


その日は情報誌の校了初日で、疲労の限界を迎えようとしていた。課長もさっきまで昼寝をしていて、タイマーで起きたばかりだった。わたしもいったん昼寝でリフレッシュをはかりたかったが、我慢し、作業を続けたところで、ふと、疑問に思った。

わたしはなぜ、それをしないのか。

職場で昼寝することは、犯罪でもなんでもない。現に、課長は毎日どこかの時間帯で必ず寝ている。だからわたしも、それをすることにした。どこでも寝てやるということを、遂行することに決めた。

やがて、笑い声が聞こえ、目が覚めた。デスクに突っ伏していた顔を、上げる。

「まだ校了初日だぜ」

手に書類を持った先輩社員の岡崎さんが、笑みをうかべながら言う。

「すみません、眠くて」

「別にいいよ。頭すっきりしてくれたほうが」

そう言って去って行ったが、すぐにわたしは、課長とか、年長の男性社員が寝てもなにも言われないのにと思った。なぜ、おじさんたち以外が職場で睡眠をとると、笑われるのだろう。自分がまだ三〇代前半の女であることは、こういうときにふと煩《わずら》わしさを感じる。

立って伸びをしながら、ふと、金沢の茶屋街で遭遇した、あの茶色い毛並みの猫を思いだした。いつでもどこでも寝ることを許されていた存在。じゃあわたしも猫になってみるかと、猫になった。

睡眠から目が覚め、顔を上げ、手元にあった書類を見ると、一瞬、文字が崩壊した。けれどもまたすぐに、文意は理解できるようになった。

ＯＡチェアに座ったまま右側の窓を向いてみると、窓に映ったわたしは、猫だった。寝足りなかったので、再び寝た。起きてみると午後八時前で、二時間近く経過していた。まわりの人たちは忙しそうに働いていて、二時間近く寝ていたことをわたしは申し訳なく思ったが、猫になっていたからか、許された。

猫になると、ちょくちょく休憩をはさみながら集中して、自分のペースで事を進められるから、仕事がはかどった。それに、よくかわいがられるし。

なんで、自分はもっと早く、猫になるということをしてこなかったのかと、わたしは思った。さっさと、猫になればよかった。

そして、とっくに猫だった人は、他にももっとたくさんいたことを、知った。取引相手であるフリーランスのカメラマンやデザイナー、その他個人事業主といった、自由に時間を使える人たちなんか、とっくに猫だったのだ。猫になって以来初めて会った既知のフリーランスの人たちも、猫になっていた。なんだ、猫だったんじゃないか。勝手に寝たり、狭い隙間に入ったり、じゃれあったり、小さくてふさふさなものに飛びついたり、している。

出社してすぐ昼まで寝たり、昼と夕方に寝たり、するようになったかわりに、夜にがばっと起きて、ほとんど人のいない社内で猛然と仕事をしたりもする。

セキュリティーの施錠をし退社しても、夜目がきくからか、ついつい辺りを見回りたくなってしまい、本当に忙しい。会社と自宅の途中にある乗換駅の池袋駅で下車し、駅周辺をしばらくウロウロした。建物の屋根にいると、暗い夜空に浮かび上がる看板の文字を、人間であるときの思考回路を介し読んだ。見回りに気が済むと、また電車に乗った。

夜の電車の中で猫でいると、わたしより年下の女子から頭の禿げ上がったおじさんまで、疲れた顔の人たちから執拗にかわいがられたりと、面倒なときもあった。みんな、なにかに取り憑かれたように、わたしをかわいがった。わたしも毛を撫でられたりしてかわいがられるのは好きだが、そうじゃない気分のときもある。ある程度我慢するが、面倒くさいときは、人間になった。人間に戻る、ではなく、人間になる、のだ。

自宅最寄り駅で下車し、煌々《こうこう》と白い明かりの照っているコンビニなんかに入ったりすると、人間っぽいなと思った。


自由に寝てばかりいると、やがて、寝ることへの憧れがなくなった。

一日が、のっぺりするようになった。

ある日の朝、通勤の途中、池袋駅で下車すると同時に猫になり、トントントンッ、と高いところに上った。池袋駅周辺を行き交う忙しそうな人たちの顔をしばらく見ていると、憧れがわいた。あの人たちは皆、もっと寝たがっている。そういう欲望がある人たちのことを、うらやましくも思えた。

ついでに、山手線の荷棚に乗り、渋谷とか品川、東京駅、巣鴨なんかにも行ったりして、午前中にいろいろな顔を見た。そして昼頃、人間で出社した。

なぜ自分は、今までそれをしてこなかったのか。人間のときにしてこなかったことが、まだたくさんある。それらをどうにかするには、まず人間になって、やっていってみないと駄目な気がした。たぶんそのことは、猫にはわからないんじゃないかな。でも、こうして猫から人間になったということは、猫にも、そのことはわかっているということなのかもしれない。

わたしはまた出張のついでで、金沢のひがし茶屋街を訪れた。

前回と同じような時間に訪れたにもかかわらず、しばらく歩き回っても、あの薄茶色の毛並みのでぶっとした猫はいなかった。あの猫も、自分が今までしてこなかったことを、しにいったのかもしれにゃい。

知られざる勝者

その女は、ターミナル駅へと続く幅広の立体歩道に、突如現れた。

正確にいうなら初夏の午後一時過ぎ、数十メートル先を歩いている後ろ姿に、僕の目がとまったのだ。

人通りは多い。その中で、ホットパンツからのびた生足の綺麗な若い女性は、目立ちすぎた。照りつける太陽の光を反射する白い二本の棒は、人々の目を自動的に引きよせる力をもっていた。ホットパンツの短い丈で前後の立体感が強調される尻の形に、適度なふくらみをもった太股から長い膝下。細くくびれた胴体と、小さな頭、太陽の下で茶色に発色するショートの髪にうかぶ天使の輪。あんなにも健康的で美しい若い女性の肢体に目を向けたくなるのは、生物としてあまりに自然だと思えるほど。僕は恥ずかしさやうしろめたさを感じなかった。中には彼女と反対方向からやって来て堂々と全身をなめまわすように見る男もいた。男たちだけでなく数割の女たちまでもが、足の綺麗な女の姿を盗み見ている。

僕はもっとよく見たいと、歩調を早めた。

女とすれ違いざまふり返ったスーツ姿の中年男たちが、すごいね、芸能人ですかね、等々つぶやき、ひそかに笑いあっているのと僕はすれ違う。彼らはなにかを消化し、諦めた。自分と似た男たちの様を見て、猛烈に反発したくなった。

諦めたくない。

だが、どうすればいいのだ。

三〇代前半の今、二〇歳の頃より一〇キロ太ったリンゴ腹をもてあましている。大学時代まではカット料六、七〇〇〇円もする美容院に通うことで冴《さ》えない顔をなんとかごまかしていたが、今は頭の形の悪さが如実にわかる一〇〇〇円カットだ。子供の法被《はっぴ》みたいなクールビズシャツにセンターラインのなくなったズボンには、大人の色気もない。仮に彼女が枯れた男が好きだとして、それを演出するにも、少し後退しただけの黒髪に、眉間《みけん》以外に皺《しわ》のない分厚い皮膚は、中途半端すぎる。一〇〇万円でも渡せば一晩のデートくらいして連絡先を教えてくれるだろうか。しかし年収三〇〇万ちょっとの者にはそれも無理だ。

魅力的な外見も大人の色気も金も必要なかったとして、おそらく二〇歳過ぎほどの彼女と僕との間にはひとまわり近い年齢差があり、それを埋めて楽しくしゃべれるような話術ももちあわせていない。

関与できない。

そのもどかしさに、死にそうなほどの辛《つら》さを感じた。

仮に、僕自身が彼女と同い年で同じ学校や職場にいたり、知人の知人だったりしたらどうだったろうか。そしてどこかに必ずいるはずのそんな連中が、妬ましくて仕方なかった。後ろを歩く自分は、あんなに完璧な容姿の人をすぐ目の前にしていながら、なにも関与できない。

気絶しそうなほど過酷な現実に押しつぶされそうになりながら、なにかできやしないかと僕はあがいた。速くなっている鼓動をもてあまし、力み、なぜか怒りにまでかられている僕の身体が、自然と僕を導く。歩幅を広くとり、リズムも速め、女の斜め後ろにまで迫ったところで、前から歩いてきて彼女へ目を向けている人間の約半数が僕にも目を向けているのに気づく。あの人たちや、普段彼女の周りにいるはずの人々、なにより、彼女自身に負けたくない。

接近した女の真横を、早足で通り過ぎた。

そのとき、全身をいささかの快楽が過《よぎ》った。勝ち逃げするかのごとく、女に対しなんの興味も抱いていないという態度を全員に見せつけるかのように、ふり返りもせず駅へと急ぐ。

たどりついた駅の自販機でコーラを買いかけ、やめて脂肪分解効果をうたう特保ウーロン茶にした。顔はほとんどわからないままだったが、完璧すぎた彼女の姿が頭から離れない。おまけになぜか、目の前を行き交う女性たちの多くを魅力的に感じ、そして僕自身も彼女たちに認めてもらえたような気がした。

ふと、最近足が遠のいていた転職求人会社へ久々に行ってみようと思った。そしてホームで電車を待ちながら足下を見た際、もっと速く歩ける靴を買おうと決めた。

○。○○…

腰を限界まで下げた今、背中の上方に背負ったバーベルの重さが、腹や腰といった体幹を経て、大腿筋《だいたいきん》を中心とした下半身の表側にのしかかっている。

「はい、上げる！」

大佑《だいすけ》は顔を下に向けぬよう、全面鏡の壁に映る己《おのれ》とにらみあいながら、土踏まずのあたりに全体重をかけ踏ん張り、一〇〇キログラムのバーベルを背負い上げた。

「ごー！」

新藤トレーナーの、高めでハスキーかつ野太い声による命令で、大佑は休む間もなく再び腰を沈める。一セット目で一一〇キロを一〇回上げた後だから、このあたりから地獄に入る。大腿が床と平行になるまで落としきった腰を上げるとき、フォームの崩れた全身が鏡に映り、呻《うめ》き声が出た。

「背中曲げない！　ろーくっ」

大佑は尻を後方へ突き出すようにして腰を落とす。両膝は、踏ん張る足より前に出てはならない。でないと膝を壊す。他にも、内股になってはいけないし、バーベルを首の付け根で背負ってはいけない。

バーベルスクワットは恐怖だ。筋違いやヘルニア、腱の断裂、バーベル落下による打撲等、不注意が容易に怪我に繋がる。

「上げて上げてっ！　上がる上がる！」

自力ではもう、持ち上げきれない。巨人からアシストが入るのを大佑は期待するが、新藤氏はそれを見透かしているかのように身体に触《ふ》れない。震え、呻き声を出しながらゆっくりと、大佑は上げきった。

「しーちっ」

腰を下ろすが、さっきの深いところまでは落とせない。そこまで落としたらもう上げられず、バーベルを背負ったまま崩れ落ちてしまう。

「もっと下げる、下げる」

重りがふと軽くなり、新藤氏のアシストが入ったことが大佑にもわかるが、この段階になるとすでに、あんなに待ち望んだアシストが全然嬉しくない。腰を下に沈める地獄に変わりはなかった。もはや自重でも辛《つら》いというレベルで、大佑は鏡の中の己と新藤氏を交互ににらむようにしながら踏ん張り、バーベルを上半身ごと持ち上げる。八回目の動作では終始、大佑は悲鳴にも近い声を上げ続けた。重量を扱う筋力トレーニングでは、八回、そして限界を超えてプラス二回の計一〇回の動作をなんとかやりきれる負荷で行うのが理想とされる。

こんなにも情けない呻き声を出し、八回目の動作を終えた客に対し、あなたはもう、鬼にはなれないでしょう、新藤トレーナー。私は、あなたの人間としての優しさを、信じている。

「まだいけるー、きゅー、うっ」

願いを拒絶され絶望した大佑は、下げの動作で怒りを抱き、上げる動作でバーベルの半分以上の重さを新藤氏に負担してもらいながら、呼気とともに立ち上がった。

「ラストー、じゅー、うっ！」

背中が曲がる、膝が内を向く、バーベルを首の下にかけてしまいそうになる——危険なフォームになるのを防ぐことだけ己に課し、大佑はほとんど自重だけの負荷で腰を下ろし、両脚を大きく震わせながら立ち上がった。

「はい、足閉じて、右足、左足前に……よいしょっ！」

バーベルを背負ったまま右足、左足と一歩ずつ前に進み、肩より少し下の位置に固定されている左右のフックにバーをかけると、大佑は腰のベルトをゆるめてもらった。

「いいですねぇ！」

新藤氏の励ましの言葉が、身体を素通りする。大佑はパーソナルトレーニングの個室の端にあるベンチまでよたよた歩きでたどり着き、水を一口飲んだ。喉が乾くが、ここで一気に水を飲むと、後がキツくなる。三日前のトレーニングでは、水をがぶ飲みした後、太いベルトを腹に強く巻かれ、バーベルスクワットをしたら、吐き気に襲われた。

新藤氏がプレートを付け替え、バーベルの重さをいくらか軽くしている。大佑にはそれが、これから自分を痛めつける拷問器具の手入れをしているサディスティックな変態に見えた。たった三〇秒の休憩の後、息を吐ききった状態でベルトを巻かれ、ラスト三セット目の地獄が始まる。

今日で四回目となるトレーニングをすべて終え、柔軟性が失われ棒のようになった両脚をひきずるようにして、大佑は駅を目指し歩く。夕方の都心の歩道を、女子供に追い抜かれた。それくらい、歩くペースは遅い。老人の歩き方に近いのだろう。歩くために必要な筋肉に力が入らないのではなく、どのタイミングで力が抜けてしまうかがわからないから、怖い。信用できないほどに自分の脚がガクガク震えていると、ただ舗装された道を行くだけでも、気が張った。

三セット目のバーベルスクワットを終え床に崩れ落ち、続けざまにダンベルスクワットを三セット、ベンチに腹這いになり新藤氏の腕で足裏に加重されてのレッグカールを二セット。全身のあらゆる筋繊維が徹底的に破壊され、毛細血管の隅々にまで様々な代謝物がいきわたり膨らみ、肩や各関節の可動域も驚くほど狭くなっている。

横断歩道の信号待ちで立ち止まり、ジムのラウンジでシェイクしてきたプロテインの残りを飲み干す。トレーニング直後に飲もうとしたら半分飲んだところで吐き気に襲われ、残していたのだ。路上で飲み終えると、プラスチック製シェーカーの内側に、結合したタンパク質のダマがこびりついていた。

こんなことを、残り二ヶ月弱にわたり、あと一六回も続けるのか。大佑の中で途中退会や、ジムに行かないという選択肢がちらつくが、数十万円を払いプログラムを受ける他の一般客と違い、やめることはできない。

低糖質の食事に高強度の筋力トレーニングで痩せるパーソナルジムのプログラムを受け始めたのは、大佑の自発的な意志ではない。仕事としての依頼がきたから、始めた。

出版社の企画で、当のジムに関するムック本を作るのだという。それに際し、著名人、一般人あわせて数人にプログラムを無料で受けさせ、その変化の過程を写真や各種データとともに取材してゆくとのことだった。ジムは莫大《ばくだい》な広告費を費やした有名人起用のテレビCMを打ち出しているため世間に広く認知されてはいるが、そういうものに対し疑《うたぐ》り深《ぶか》い人間に向け、実際のところはどうなのかと興味をもってもらう位置づけの、ムック本らしい。なんとなくしか聞かされていないが、一種の広告料のような形で、ジムから雑誌社にお金が流れている。

大きな文学賞を受賞し小説家として急に知名度の広がった自分が選ばれたのは、疑り深い人間の代表だと思われていたからかもしれない。大佑はそう推測している。懐疑的な人間でも本当に肉体改造を遂げられれば、今までとりこめなかった層を、とりこめる可能性が増える。

雑誌の仕事にしては、ギャランティが高かった。急に有名になり不規則な生活を送るようになった一年弱ほどの期間で太ってきたこともあり、ちょうどいい機会だと思い大佑は引き受けた。定期的に自宅で自重やダンベルを用いてのウェイトトレーニングをしていたから、適応できる自信はあった。普通の人がプログラムを受けるのに数十万円払うところを、逆に自分は数十万円もらえるだなんて、なんて恵まれた身分なのだろうと大佑は感じた。

それにうまくいきジム側にとっての良いサンプルとなったら、テレビCMといったもっと金額の高い広告の仕事に結びつく可能性もある。そのことが頭にある大佑は家に帰っても、鶏胸肉のソテーにブロッコリーという質素なメニューで夕飯を済ませた。糖質制限中は、酒を飲まない。プロテインの消化で肝臓を疲れさせるから、アルコールの分解まで担わせるのは避けたほうがいいと指導されていた。

素っ気ない食事は満足感に乏《とぼ》しいから気分転換の味が必要で、大佑はさきほどスーパーで買ったノンアルコールビールをあけ、ソファーに深く腰掛ける。七時前だというのに、もう猛烈な睡魔に襲われていた。

三週目、六回目のトレーニングを終えた大佑は、少し早めにテレビ局へ着き、楽屋に入った。

畳の個室のテーブル上に置かれた、三つの弁当へと真っ先に目がいってしまう。

大佑は麻のジャケットをハンガーにかけベルトをゆるめ、座布団の上に座る。いくつか置かれている飲み物のうち、紙パックの緑茶を選び飲んだ。二〇分ほど前にプロテインを飲んだばかりで、口の中のねばつきを緑茶が洗い流してくれる。

今日も、身長一八六センチ、色黒で天然パーマ気味の新藤豊トレーナーに、みっちりとしごかれた。おかげで、パンプアップした直後の全身のあちこちが、張っている。以前より重い重量でトレーニングを行えるようになっても、成長した肉体にあわせさらに負荷を上げられるから、辛いことに変わりはない。だから、どこまでいってもどうせ次回も地獄のトレーニングを味わう羽目になる、という想像を避けられなかった。

しかしトレーニングを重ねるごとに慣れてくるものも少しはあって、最初は全身の筋肉痛が三日は続いたものの、最近は部分的な痛みが二日程度残るだけとなった。大佑が新藤氏に訊《たず》ねたところ、神経物質を圧迫する老廃物質を除去する能力が高まったらしかった。それに心肺機能も向上したからか、息が上がった状態で無酸素運動をする辛さは幾分やわらいだ。

テレビ番組の収録開始まで、あと二時間ある。大佑が一年弱前に大きな文学賞を受賞して以降何回か呼んでもらっている、平日のゴールデン帯放送のクイズ番組の収録だった。カメラの前で大佑は特におもしろいことをするわけでもない。文化人枠にあてはめられているだけだと自覚してはいるが、それにしても、四〜五時間にもおよぶであろう収録でこの肉体疲労と戦いながらちゃんと集中していられるかという不安はあった。ただ、小説家とはあまり縁のなさそうなダイエット企画の仕事依頼がくるほどであるからして、当然その他沢山の仕事依頼もくるわけで、ジムでのトレーニングは隙間時間に入れ込むほかない。

気づくと、大佑は三個置かれた弁当を、じっと見てしまっていた。

焼き豚弁当、魚弁当、ビーフカレー弁当。三つとも違う種類だ。高視聴率の高予算番組の弁当は、豪華すぎて困る。おそらく廊下のスタジオ出入口近くに設置された長机の上には、スタッフ用も含め、他数種類の弁当が各数十個積まれている。

これのせいで、太った。

大佑は、Tシャツ越しに腹をもんでみる。いくらか体脂肪は減ったが、あぐらをかき丸くなった姿勢だと、チノパンの腰回りにのった脂肪はまだ目立つ。

大きな文学賞を受賞する前は、もっと痩せていた。貧乏生活だったから毎食自炊で、同じものばかり食べていた。だから、突然呼ばれるようになったテレビ局等の仕事現場に置かれている、色々な弁当の味が、珍しく感じられて仕方なかった。毎回、必ず食べてしまっていた。

　普通、テレビ局の楽屋には、出演者とマネージャー、スタイリスト等の分も含めてという理由で弁当が複数個用意されているが、芸能事務所等に所属しておらず身一つでまわっている大佑は、各現場で用意されている二〜三個の弁当を、一人で全部たいらげてしまっている。そんな生活を数ヶ月も続けていたら、ブクブク太った。

　醜い自分を作った元凶を克服するかのように、大佑は、三つの弁当をあえて凝視する。あの頃より、弁当の味自体を珍しいものとは感じないようになっている。

　ここ三週間、家にいるときは鶏胸肉のソテーや豆腐、ブロッコリー、ナッツ等味気ないものばかり食べ、毎度のトレーニングでは吐き気を催すほどの苦しさに耐え、頑張っている。トレーニングのない日も、次のトレーニングの苦しさにおびえながら、大佑は過ごしている。

　そんな苦労をしながらなんとか少しずつ体脂肪を減らしているというのに、ここで一時の食欲に負け、栄養バランスの悪い食事で炭水化物を大量摂取してしまうのは、本当に馬鹿げたことだ。

　糖質制限中の今、糖質を吸収しやすい身体になっているから、炭水化物たっぷりのこの弁当を三つとも食べれば、三週間の努力が水の泡になってしまうだろう。ご飯や揚げ物を残しおかずだけ食べればいいものではなく、ついご飯にまで箸をのばしてしまいそうな可能性があるのなら、弁当のフタを、開けてはならぬのだ。

「要らん、要らんっ！」

声に出しながら、大佑は弁当三つを、視界に入らないよう部屋の端に置いた。そして、鞄からジムオリジナルのプロテインバーを取り出し食べ、畳の上で横になる。

ノックの音で仮眠から目覚めた大佑は、返事をしながらドアへ駆け寄った。スタッフとの打ち合わせか、メークルームへの呼びこみかと思っていたら、クイズ番組常連出演者である女性タレントがそこに立っていた。楽屋挨拶だ。すでにセーラー服の衣装に着替え、メークも済ませた華やかな姿だ。

「今日もよろしくお願いします」

「よろしくお願いします。わざわざどうも、すみません」

軽い会釈《えしゃく》をした大佑が顔を上げると、女性タレントに見られたままだった。

「あれー、畠山さん、なんか痩せました？」

「えっ……」

「顔が痩せてますよね」

「あ、わかります？」

やがて収録本番を迎えてからも、モニターに映った自分の顔が目につく度《たび》に、大佑は以前との違いを感じていた。三週間前とくらべ、ひどい二重顎がほとんどなくなり、頬といった顔の下半分の輪郭が、すっきりしている。テレビに出始めた頃の顔にかなり戻った。そのことを嬉しく思っていることを、大佑は否定できなかった。

長時間の収録を終え局手配のタクシーに乗ってすぐ、十数件の新着メールを携帯電話でチェックしてゆく。以前出演した温泉番組からの、再度の出演依頼がきていた。また、全裸で撮影するのか。撮影候補日は、六月末の数日間だった。ちょうどいい機会かもしれないと大佑は思った。その頃に、トレーニングプログラムが終わる。

完璧な肉体を手にしているであろう一ヶ月半後の自分が、温泉番組で、全裸をさらす――。その反響がどんなものになるか、ぜひとも見てみたいと、大佑は思った。


「うーん、体重が、あまり落ちていないですね」

体組成計に乗ったあと、血圧を測っている最中の大佑は、新藤氏の嘆きの声を聞く。

「やはり週二回しかトレーニングをしていないので、どうしてもそれ以外の時間、お食事での摂生《せっせい》がとても大事になってきます」

「はい」

「毎度送ってもらっている食事メニューのデータを拝見する限り、肉の摂取量が多かったように見受けられました。確認になってしまいますが、タンパク質は一度の食事で二〇、三〇グラムしか消化しきれないので、逆算して、朝と昼に食べる肉の量は一度につき一〇〇グラムにおさえましょう」

「はあ……」

「そしてどうしてもオーバーカロリーになってしまうため、夜は肉をやめ、植物性タンパク質として豆腐ですませましょう。かつお節をかければアミノ酸スコアが整い、それでもじゅうぶん筋肉はつきますので」

「はあ」

それからみっちり五〇分間のトレーニングを行い、ジムをあとにした大佑はふらふらの足でタクシーをつかまえ、羽田空港へ向かった。テレビの仕事で、これから鹿児島県にて二泊三日のロケ撮影を行う。都内の自宅から空港までのタクシーチケットが前もって郵送されていたことは、本当にありがたかった。スクワットやレッグカールで脚をいじめぬいたあと、自宅へ帰るのも辛く感じられるほどなのに、電車を乗り継ぎ小一時間かけて空港に向かうのは面倒すぎる。

トレーニング開始から一ヶ月が経った現在、大佑の体重と体脂肪は、あまり減っていなかった。トレーニング開始前にジム側が導きだした、理想的な体重と体脂肪の推移グラフから、大きく逸脱している。

トレーニングのだいたい四回に一度、出版社の編集者とライター、カメラマンが来て写真撮影にインタビューが行われる。写真を見比べる限り、顔や腹周りの脂肪は減り、大胸筋や背中の筋肉が隆起してきているのは一目瞭然《いちもくりょうぜん》だという。

ただ、大佑は色白であるため身体に陰影がつきにくく、写真では変化がわかりづらい。するとどうしても、数値という絶対的データが重要となってくる。

数値などどうでもいいではないか。

少し前に飲んだ泡だらけのプロテインの作用でゲップをはきながら、大佑は思う。顔も痩せたし、シャツを着た際の腹のふくらみもだいぶマシになった。裸になっても恥ずかしくない身体は取り戻せたし、服を着ている限り、これ以上脂肪を減らす意味が、あまり見いだせない。

しかし、全二〇回のトレーニングを最後まで受けるという契約書を、出版社と交わしてしまっている。言い換えれば、全然痩せなくても、トレーニングを二〇回受けさえすれば、約束通りギャランティがもらえるということでもあったが。

空港に着くと、一九時二〇分のフライトまで、一時間あった。腹が減り、売店を探したが、チキンとサラダは置かれていない。サンドウィッチやおにぎり、お菓子といったものばかりで、大佑が食べられるものがなかった。

糖質制限の食事を続けていると、炭水化物の食べ物への渇望感もなくなる。ただ、低糖質の食べ物を選ばなければならないという面倒くささは、いつまでもつきまとう。空腹のまま歩き回ることに疲れた大佑は、プレミアムシートのチケットを見せ、航空会社のプレミアムラウンジに入った。飲み放題のドリンクバーでノンアルコールビールをくむと、窓側の、一人掛けソファー席に座り飲んだ。味や炭酸の刺激で、いくらか気が紛れる。飛行機に乗ってからも、大佑は離陸後すぐに出された機内食のおかずだけを食べご飯は残し、リクライニングシートに寝そべったまま、ノンアルコールビールを二缶飲んだ。二一時半頃に現地でディレクターたちと合流し、炭水化物が食べられないという大佑の事前の申し出を受け入れてか、焼鳥屋で食事兼打ち合わせが行われ、その日の夜にしか撮影できないとある観光地にて、一時間ほどの撮影を午前〇時過ぎまで行った。

翌日も、ロケ車二台で朝からあちこちを周り撮影してゆく中で、撮影班の面々とだいぶ親しくなった。テレビ局のスタジオ収録では、こういう親しみは生まれない。泊まりがけのロケ撮影ならではの連帯感だった。

やがて午後二時近くに、とある場所での撮影を終え、昼食に向かう流れになった。

「昼?　トンカツ定食でいいんじゃないすか、無難に」

「トンカツ、食べたいですね」

カメラマンに続き、音声スタッフが言う。他の何人かも賛同の声を発していったとき、製作会社の女性ADが割り入った。

「いや、あの、畠山さんが糖質制限中でして、衣とかの炭水化物やご飯類、麺類が駄目なので、他の店を探します」

ＡＤが店を探しだす。一瞬の静寂を感じた大佑はいたたまれなくなり、口にした。

「いや、別に気を遣わなくて大丈夫なんで、トンカツでもなんでも大丈夫ですよ！　適当な店に入って、じゃんじゃん食べましょう！　東京から遠く離れてるんですから、炭水化物をむしゃむしゃ食べちゃったって、バレやしませんし」

大佑本人がいくらそう言っても、他に出演者がいるならともかく、大佑をメインにすえた番組である以上、大佑に気を遣う流れを変えることはできなかった。適した店が見つからなかったのか、結果、各々《おのおの》がコンビニで買い、ロケ車の中で食べることになった。完全に、興をそいでしまった。局の経費で、大佑はチキンとサラダ、チーズにナッツを買ってもらった。

その日の分の収録を終え、ホテルへ戻った大佑は、ベッドに横たわった。

眠気がひどい。今日は撮影で外をまわったからというのもあるが、ジムのトレーニングプログラムを受けだしてから、睡眠リズムが狂っている。トレーニングで疲れすぎるから帰宅直後に一時間は寝てしまい、日によっては夜眠れなくなり朝まで起きてしまう。

昨日受けたトレーニングの疲労や筋肉痛もひどく、今日の撮影でも、カメラの前で時折フラフラの変な歩き方を披露してしまった。本来、短期間であんなにきついトレーニングをしなくても、長期間にわたり低負荷の高回数のトレーニングでじっくり効かせれば筋肉はつくし脂肪も落とせるのだと、以前新藤氏が話していた。

だったら、一緒にいる人たちに気を遣わせない、適度に炭水化物を摂取する文明的な食事を続けながら、低負荷の地道なトレーニングで細く長く、身体づくりを続けていきたい。

すると途端に、大佑の中で怒りのようなものが湧いてきた。

身体づくりなど、仕事や私生活より、優先されるべきものか？

見た目をよくして仕事や私生活がうまくまわるのであれば身体づくりにもとことん打ちこめばいいのだろうが、今のところ、その必要性が全然ない。

起きあがった大佑は部屋から出ると、ホテル近くのコンビニへ行き、弁当コーナーで冷やし肉うどんとおにぎりと唐揚げを買い、部屋に戻りすべてたいらげた。冷やし肉うどんのコシのある素晴らしい味におおいに感動し、明日もぜひ食べたいと思った。

○。○○…

六月の晴れた日、午後の強い日差しの下、大佑は駅からジムへ歩いていた。今日もトレーニング前に、写真撮影とインタビューがある。そこで正直に、気持ちを伝えるつもりだった。

上半身裸での写真撮影が終わり、トレーニングルームの椅子に座ってのインタビューが始まってすぐ、大佑はここ最近のモチベーションの低下、ならびに炭水化物の料理を何回か食べてしまったことを、編集者やライターに向かって話した。

「正直、今回のギャランティですと、もっともらえる他の仕事に支障をきたすほどには、頑張れないんですよね。だって、数時間で終わる他の仕事を一、二本こなしてしまえば、稼げてしまう額ですし。もちろん、雑誌の企画としては高いギャランティだとはわかるのですが、どうしても他の仕事とくらべてしまうんですよね……ええ、自分の身体は一つしかないから、さすがに、プライオリティが発生してしまうことは、避けられないというか」

大佑は、正直に話してしまっていた。糖質不足が、脳の抑えを弱くさせていたともいえる。これで、ジムの広告塔となり、テレビCM等もっとギャランティの高い仕事でも起用してもらえる可能性はなくなった。ただ、残り一ヶ月弱、残っているトレーニングをやり過ごしさえすれば、約束通り、問題なくこの仕事の報酬はもらえる。契約にもとづく当然の権利を主張するとでもいうように、開き直りの態度で大佑が言い終えると、相づちを打っていた編集者が口を開いた。

「なるほど、そうですか。はい、それでいいと思いますよ」

「えっ?」

「畠山先生の中で、痩せたいというモチベーションがあまり高くなく、どちらかというとトレーニングで正しいフォームを覚えて今後に生かせるようにしたい思いのほうが強いのであれば、それを新藤トレーナーやジム側にお伝えし、やっていくのでもいいと思います」

被験者の身勝手さに先方は頭を悩ませると予想していただけに、特に否定の言葉をかけてくるでもない編集者の態度は、大佑にとって思いもよらぬものだった。

「やりたいように、やればいいってことですか」

「ええ。ジム側から直接畠山先生に広告としての依頼がいっていれば別でしょうが、一応、弊社で作るムック本の体験レポートという形ですので。畠山先生の肉体にあまり変化がなかったとしても、それはそれで正直に掲載することになります。ただ、一応こちらとしてもあちらのご期待にはそいたいので、畠山先生を中心に考えていた誌面展開を、大きく変更することにはなってしまいますが」

編集者とライターは苦笑いをしている程度で、困ったりしている様子は見せていない。拍子抜けした大佑は部屋をあとにし、廊下で待っていた新藤氏と合流した。

体組成計に乗ると、前回よりも体重と体脂肪率の両数値が、上昇していた。

計り終えた血圧計から腕を抜いた大佑が、注意の言葉を口にされるかと思い少しかまえながら新藤氏の顔を見ると、いつもと様子が違った。顔はひどくこわばり、不真面目な客の態度を叱咤《しった》するというより、むしろ血の気が引いているような表情だ。なにかに怯えている、というほうがしっくりきた。

「お食事、ちゃんとコントロールできていますかね」

「まあ、できる範囲で、やってはいるんですけど……」

「本社でプログラムを見直したのですが、今後は肉の量をもっと減らし、大豆中心で、それと、プロテインを飲むタイミングも、もっと正確に、アプリから報告していただけないでしょうか」

「はい、できる範囲で」

「それとですね、今日トレーニングが終わりましたら、本社から渡された新製品のサプリメントもお渡ししますので……」

そこでようやく、大佑は事態がのみこめた。

親身になって指導してくれる新藤トレーナーは、ムック本の広告モニターとなる小説家の担当トレーナーとして、本社から重圧をかけられている。

大佑に仕事を直接依頼した出版社は、大佑に厳しく接しない。一方のジム側は、他の一般客相手なら、プログラムを終えた時点で痩せようがどうなろうが客の自由だが、出版社にムック本作成を依頼し多額の金を払っている本件では、そうもいかない。被験者を丁寧にもてなすサービス業の体《てい》を保ちつつ、しっかりと摂生させ、結果を出させなければならない。その両立は大変だろう。

「マズいですね、このままだと……」

新藤氏の困りきった声の裏に隠れる重圧を、大佑は想像せざるをえなかった。そして、被験者と本社の板挟みにあっている大男を、初めて気の毒に思った。

自分は、今まで寄りそってくれてきたこの人のためにも、もっと己の肉体に変化をもたらさなければならないのではないか。大佑の中で、使命感が湧いた。

「今日も僕の全身を、とことんいじめてください」

トレーニングの一発目、二〇キログラムのバーだけを用いたベンチプレスのウォームアップが終わり、休憩中の大佑をよそに、新藤氏がプレートをつけ始めた。一目で、前回よりも軽い重量に下げられているとわかった。

モチベーションの下がった被験者が挫折するのを防ぐための配慮だろう。事実、痩せるためだけであれば、必ずしも重量は必要ない。低負荷の重量でも、筋肉に張りをもたせることはできる。

だが、以前より重い重量を扱えていないという事実が、己の心をやがて易《やす》きに流れさせてしまうきっかけをはらんでいると、大佑は思うのだった。重さに押しつぶされてしまうという恐怖と戦わない限り、本質的な成長は成し得ない。

「新藤さん」

「はい」

「八五キロでお願いします」

「え……未体験の重量ですが」

「八〇キロはやっていますから。なんとか八回目指して、頑張ってみます」

その後、他の部屋から聞こえてくる他客たちの呻き声をかき消すほどの呻き声、叫び声をあげながら、大佑はあらゆる種目を、未体験の高重量ウェイトでこなしていった。

最後の腹筋種目数連続が終わると、汗だくでマットの上にひれふし、そのまま起きあがれなかった。ただ激しい呼吸をする、地面を這うだけの動物に成り下がったかのように感じられた。

「はい、終了です！　お疲れさまでしたっ！　いいですね」

新藤氏によるねぎらいの言葉自体はいつもと同じだが、心がこもっている感じがした。


外での仕事から帰宅してすぐ、体脂肪を燃やすため、大佑は家を出てジョギングを始めた。午後六時を過ぎているが、日が延び、あたりは明るい。

新藤氏からやってほしいと再三言われ続けてきたジョギングを数日前より始めてからというもの、体脂肪が減るようになったし、筋肉疲労の回復も早まり、本業の小説執筆もはかどった。

終わり際にスーパーで鶏胸肉とブロッコリー、豆腐等を買い、帰宅しシャワーを浴びる。かつお節をまぶした豆腐にブロッコリー、ワカメ、キャベツという、悟ったような食事を半分ほど食べ終えたところで、冷蔵庫から取り出したノンアルコールビールの缶をあけた。さすがに質素すぎる食事は続けられそうもなく、どうしても彩《いろど》りが必要だった。アルコールも糖質も入っていないから、身体にはなにも残らない。新藤氏から教えられたところによれば、海外のノンアルコールビールがアルコール濃度〇・五パーセントくらいであるのに対し、日本のノンアルコールビールのアルコール濃度は、〇・〇〇…パーセントなのだという。日本人特有の厳格さが生んだそのアルコール濃度は、果物の果汁の中に含まれるアルコール濃度より低いらしい。

その話を聞いたとき、大佑は、必要のないこだわりだとおかしく思いながらも、好感を抱いた。そもそも人が生まれ、死ぬこと自体に、意味がない。日本のノンアルコールビールが異様なほどの低アルコール濃度を達成することにも、外見を売りにしているわけでもない男が痩せたり筋肉をつけたりすることにも、なんの意味もない。しかしそういったところに一生懸命こだわりしがみついていかない限り、人生に彩りをもたせることなどできないだろう。

あと二週間、身体づくりを一生懸命頑張るのは、金のためではない。信頼関係のため、そして自分のためにやるのだ。大佑は夕飯の写真を、携帯電話のアプリ経由で新藤氏に送った。

*

都内で講演会の仕事を終えた筋肉系著名人H.D.氏は、送りのタクシーを断り、乗ってきたロードレーサーを漕ぎ、会場をあとにした。

H.D.氏は、元は文筆業を主な生業《なりわい》としていたらしい。その業界でかつて大きな賞を受賞したこともあるようだが、そのうちに、あまり表に出なくなったという。一年あまりの潜伏期間を経て、H.D.氏がH.D.氏として再びテレビや各メディアに出始めたとき、世間はH.D.としてしか認識せず、彼が以前どんな人物だったか、気に留める者はほとんどいなかった。以前の肩書きを必要としないまでに、H.D.氏は、純粋なる筋肉系著名人としての役割をまっとうしていた。

たとえばテレビで、筋肉が必要とされる場面ではいかんなく筋肉の力を発揮したし、役者業もこなした。全国のあちこちをまわり、筋肉をつけたがっている人たちに向け、体系だったメソッドを伝授した。

そんなH.D.氏が今向かっている先は、自宅ではない。都内で五ヶ所通っているうちの、一つのジムだった。トレーニングする部位ごとに、H.D.氏はジムを使い分けている。

講演会会場から一七キロ走り、都内西部のジムに入る。H.D.氏に気づいたスタッフたちは姿勢を正し挨拶し、常連客たちも数割が控えめに会釈した。初めてH.D.氏を目撃した様子のビギナーたちが少しでもはしゃいだ様子を見せると、スタッフや常連たちがすかさず注意して黙らせた。

上半身を鍛える日である今日、ウォームアップとしてスクワット等の下半身種目を軽めに済ませたH.D.氏が、いよいよ今日のメインであるベンチプレスを行おうとトイレから戻るとそこには、黒光りする肉体をもつ大男が立っていた。身長一八六センチの、天然パーマ気味の髪の人物。このジムの常連である彼は、H.D.氏が来ていることに気づいていたようで、特に驚きもしない様子で口を開いた。

「これからベンチプレスやるんですけど、一緒にどうですか?」

高めのハスキーヴォイスに、H.D.氏は笑顔で答える。

「やりましょう」

共に鍛え抜かれた肉体をもつ二人は、余計な言葉を必要としない。ラックに置かれたバーに、丸太の切り株のようなプレートを何枚もつけていく様子に、周囲の客たちは度肝を抜かれたというように息をのみ見守っている。とある客が近くの人に、H.D.氏は昔違う仕事をやっていたが、無茶な食生活やトレーニングがたたったこともあってそっちの才能は枯れてしまい、今は筋肉のことだけしているらしい、と話した。しかし聞かされていた

○.○○…

人が、H.D.氏の以前の仕事がなにか知らないが、あんな身体をつくれる人が他の分野でも大成できないわけないだろう、きっとなんらかのきっかけでもありこっちのほうが大事になったんだろうと返すと、噂を話したほうの当人も納得した。

じゃんけんで、H.D.氏が先にベンチプレスに挑戦することが決まった。ベンチに寝ころぶと、大男がH.D.氏の頭の先に立ち、介助の準備を整えた。

「いつでもいいですよ」

大男の介助を必要としないまま、今日は何回上げられるか。前回より、一回でも多く、上げたい。今日の戦いを、勝ち抜くことができるのか。

H.D.氏はバーベルをつかみ、背中の筋肉を内に寄せた。

自立

二人とも、エンドロールを最後まで見たい派でもないが、列の両側にそれなりに人々が座っていたため最後まで見た後、ようやく立ち上がった。紀崎順也《きさきじゅんや》は午前一一時から始まった中国映画の約二時間半もの上映時間中、座る姿勢を何度も細かく変えていた。出口へと歩きがてら少し腰を反らすと、「あぁ」と掠《かす》れた声が漏れた。ほとんど息で声の成分が少ない感じが爺《じじい》っぽいなと、順也は自ら感じた。目の前を歩く北尾幸三《きたおこうぞう》は、大柄な順也と異なり中肉中背で腰への負担も少ないからか、平気そうに軽い足取りで歩いていた。順也より三歳若いというのも、起因しているのだろうか。それでも幸三だって、六二歳だ。

「紀崎さん、あの辺の喫茶店でいい?」

「そうしよう」

雨と強めの風に吹かれる中、〝あの辺〟を指さされながら幸三に訊《き》かれた順也は、返事をする前から当然のように〝あの辺〟へと足を向けていた。神保町《じんぼうちょう》のここらには、もう何度も二人で訪れている。

今日は本来であれば、三崎半島で午前三時から釣りをしているはずだった。荒天で中止となったため、釣りと同じくらい二人の共通の趣味である映画鑑賞へと、いつものように切り替えたわけだ。二人で鑑賞する際、小さめの劇場にも行くからか、中央・総武線沿線の映画館で集まる機会が多い。

七〇年代の中国を舞台にした少し古い映画を今日選んだのは幸三のほうで、まだ自身が結婚し子供を授かったばかりの頃にも、品川の映画館で封切時に見たという。地方の映画祭にも足を運んだりしてきたなかなかの映画通の幸三と違って、二〇代頃までは映画館に足繁く通っていたが、所帯をもってからはレンタルして自宅で見るばかりになってしまっていた順也としては、五年前の幸三との出会いは、再び映画館へ通いだすきっかけとなった。

木の内装材を多用した喫茶店に入ってすぐ、席へ案内してくれた中年女性店員が去るより先に、二人ともカレーとコーヒーのセットを注文する。

紀崎順也と北尾幸三の出会いは、順也の娘と幸三の息子が結婚するに際しての、両家顔合わせの場だった。酒を酌《く》み交わしながら、共通の趣味である釣りの話で盛り上がり、会が終わる頃には釣りへ行く約束をしていた。

幸三がスマートフォンでなにかをチェックする姿を見て、順也も自分のスマートフォンの電源をオンにする。娘の塔子《とうこ》からの不在着信と、メッセージを受信していた。

〈2tワイドトラック、家の前に駐《と》められるよね？〉

引っ越し業者が見積もりに来て、訊かれたのだろう。〈駐められるよ。〉と返し、順也はスマートフォンをポケットにしまった。供されたカレーを食べ終えた後もコーヒーとタバコと共に、映画の感想を互いに述べあう。

「あんな壮大なすれ違いの恋、今はもう成立しないよね」

「中国なんか、情報端末の日常での活用度合いが、日本よりすごいっていうし。屋台の決済まで電子決済で、俺がよく出張で行っていた頃とは全然違うみたい」

「うちの修《おさむ》も言ってたよ、それこそ出張で北京へ行ったとかで、取引相手が当局の盗聴でも気にしてるのか、池でボートに乗せられたときに契約を交わして、暗号通貨で決済を頼まれたとか」

北尾修——幸三の息子であり、順也の娘塔子と、離婚に際しての泥沼の係争を繰り広げている相手だ。

塔子の言い分を聞くには、一昨年《おととし》くらいに修の不倫に気づき、夫婦の関係は終わったものとして塔子自身も他の男と逢瀬《おうせ》を重ねるようになった矢先、会う約束をした前後のメッセージ文面を修に証拠写真として撮られ、つきつけられたらしい。つまり不貞の証拠を握っているのは修だけであり、すでに別居している修から慰謝料を請求されているわけだが、そんなものは無効であると、塔子は弁護士に新たな策を相談中とのことだった。

二人で暮らしていた2DKから塔子が実家へ帰ってくるのは、二週間後だ。一年強繰り広げられている一連のことに対し、順也の妻は、娘と似ていていささか喧嘩腰の構えを見せている。今日家を出てくるときもそうだったが、父親同士の友人関係にもなにか言いたそうではあるが、口には出さず、白い目を順也は向けられていた。

子たちの抱えている問題という、互いに同じことに思い至ったのが明確な間のあと、出し抜けに台風や映画館の廃館、政治など、時事的な会話が交わされた。順也が二本目のタバコに火をつけてすぐ、幸三も二本目に火をつけた。

この二本目を吸い終えるまでの時間が、今日の集まりを切り上げる頃合いか。順也は妻からの頼まれ物を、このあと帰路途中の新宿の伊勢丹で買う予定だった。蒲田《かまた》に住んでいる幸三とは、ここを出れば、乗る電車は別の方向だ。父親同士の交流を子と妻から快く思われていないのは、幸三も同じらしい。彼と――若い頃以来数十年ぶりにできたそれなりに親しい友と次に会う機会は、果たして訪れるのだろうか。順也には、別れの言葉もなしに、それがいつの間にか絶たれてしまっている未来が想像できた。半世紀以上生きてきた中で、別れとはえてして、そういうものだった。

「宮崎の豪雨被害は酷《ひど》いみたいだけどさ、さっき劇中で見た黄河なんかは、あんだけ海みたいに広ければ氾濫《はんらん》もしないのかね。日本の川とは段違いに大きくてさ」

「日本だって、たとえば荒川も河口近くは海みたいなもんだよ。潮の満ち引きもあるし。

そういえば北尾さん、海専門だから、ボートでハゼとかはやったことない？」

「やったことあるけど、もう数十年も前だね」

「行ってみる？　初秋とか。まだ小さいだろうけど、数は釣れるし」

「いいね。シルバーウィークくらいかな？　店をまかせちゃえば行けるけど、紀崎さん、嘱託《しょくたく》の会社は？」

「俺もその時期なら確実に休みだよ。船橋あたりのボート、早めに予約しておくわ」

自分たちは、次の約束をした。順也は自分が塔子の親でなく、自分は自分だけでしかないのだと、今さっき交わした言葉から教えられたように感じた。人は一生、一人なのかもしれない。だから、約束をする。人生で初めて、本当の意味での自立を知った気が順也にはした。

のっとり

とある都心のホテルの貸し会議室は、ただならぬ緊張感に包まれていた。

椅子に座ったスーツ姿の者たちが、一人の男の決断を待っている。

やがて、頭に白いものの目立ち始めたベンチャー企業社長が、口を開いた。

「わかりました、ご提案のとおりに、進めていただければと思います」

ここに、契約が成立した。

ベンチャー企業社長による、契約日当日の土壇場《どたんば》での心変わりに気をもんでいた松本弘《まつもとひろ》就《なり》は、ほっとして深く息を吐いた。

これでまた、自分のビジネスが加速した。

「ありがとうございます。良いご縁がまとまり、こちらとしても感無量です！」

M&Aをまとめた松本は、あとの処理は部下たちに任せ、自分だけタクシーで東京駅へ向かった。もちろん、そういった細切《こまぎ》れの移動時間でも、オンラインで仕事のやりとりをするのを忘れない。

午後六時から、名古屋で講演会がある。講演し慣れている松本は、過去に何度も使い回してきた原稿を一応は更新してきたが、本番ではおそらく、それを使わない。

実際に、始まった講演会では、原稿など見なくとも松本は流暢《りゅうちょう》にしゃべり続けられた。時折、かなりユーモラスなことも交えながら。M&Aのために大企業とベンチャー企業を適切にマッチングするという、松本弘就のビジネスにあまり興味のない、近所に住んでいたから来ただけというような暇なおばさんたちなんかも松本のトークに魅了され、講演会終了後に開かれた著書販売握手会では、長蛇《ちょうだ》の列ができた。

予定終了時刻より一五分過ぎていたことに少し苛《いら》ついていた松本は、イベンターの人たちの見送りをほとんど無視するようにタクシーへ乗り、名古屋駅に着くと新幹線乗り場へ急いだ。

グリーン車の席に座ってすぐ、上着を窓側のフックにかけ、荷物の整理を行う。テーブルにラップトップパソコンを広げ仕事に没頭していた松本は、女性乗務員がゴミの回収にまわっていたのを見逃すところだった。

「あ、すみません、これお願いします」

さっきの握手会の折にお客さんたちからもらったプレゼントのほとんどを、もらった中で一番大きな紙袋にまとめておいてあり、それをそのまま乗務員へ渡す。

「……捨ててしまって、よろしいですか?」

「ええ、かまいません。欲しい物なら、自分で買うので」

一瞬の間のあと微笑《ほほえ》んだ乗務員がゴミ袋に紙袋をまるごと入れ、背を向けて去って行ってから、松本は少し反省した。さっきの話し方は、まるで自分がお客さんたちからプレゼントをもらったことを彼女が知っているという前提の話し方ではないか。まだまだ話し方が甘いなと反省し、インターネット通販サイトへアクセスすると、自戒の意味も込め、話術を磨くことに関する本を手当たり次第に四冊買った。

東京駅に着いてすぐタクシーに乗り、自宅の住所を運転手に告げる。しかし、「なにがある場所ですか?」と訊《き》き返された。松本が再度口頭で伝えた住所を、運転手の爺さんはカーナビに入力しようとしない。激昂した松本は運転席のヘッドレストを肘で殴った。

「カーナビ、なんのためについてんだよ!」

ようやく住所をカーナビに入力した運転手は、いささか乱暴な運転で走りだした。サービス向上の意識が全然ない、くだらない爺さんだなと、松本は思った。松本はスマートフォンのメモアプリを開き、「白タクを日本で普及させるには?どことどこM&A?」と記した。

東京駅を出て五分ほどで、タクシーは目的の場所に着いた。カード決済し下車すると、タクシーは急発進で去って行った。ふと松本は、さっきの爺さん、俺の行き先が超近場だったことにも苛ついていたのかもしれないなと思った。なにせ歩いてもすぐの距離だ。ただ、タクシー代という目先の金をケチって、体力を消耗させてしまうのは得策でないことを、松本は知っている。重要なことを決断せねばならないときに備え、疲労は極力遠ざけておいたほうがいい。

高層マンションに帰り着いた松本は、エントランスの共用郵便受けから取り出したすべてのチラシをゴミ箱に捨て、郵便物だけ持って上層階の自室へ入る。品川駅近くから東京駅近くへ引っ越したのは二ヶ月前のことだ。住所変更の連絡をしていたにもかかわらず、依然として、いくつかの郵便物は旧住所宛に送られ、転送のシールが貼られていた。

「事務仕事もろくにできないなんて、犯罪だな」

すぐにでも風呂に入りたい松本だったが、煩《わずら》わしいことは一瞬で終わらせないと脳のパフォーマンスが落ちると、旧住所宛に送ってきた五通の差出人である組織や個人に、片端から電話をかけた。一度メールで知らせてあるというのに、無能な連中は違う伝達方法で伝えなければわからないようだからと電話した結果、個人二人にだけつながり、他はつながらなかった。夜一〇時過ぎだからだろう。

そして新年を迎え一週間以上過ぎたのに、学生時代の友人から、年賀状が今さら届いていた。こちらも旧住所宛であるが、現住所を伝えていなかったため、それに関して先方に非はない。高校時代の友人で、妻と娘二人と写った写真がプリントされており、「ついに成城《せいじょう》に引っ越しました。」と書かれていた。ついに成城？　どういうことなのだろうと松本は思った。人口が爆増していた昭和の時代に、小さい家やマンションを作ってはいけないというルールで制限し屋敷のような大きな家がただ建ち並んだというだけのエリアを、友人はステータスのように思っているのだろうか。近くの東宝スタジオに連日通う銀幕スターでもあるまいし、どうやって羨《うらや》ましがればいいのかと、理解に苦しんだ。

ステータスを住まいに求める理解不能な人間は、他にもたくさんいる。最近も、ある社員が中目黒《なかめぐろ》へ、別の社員は代々木上原《よよぎうえはら》へ引っ越した。吉祥寺《きちじょうじ》なんかに引っ越したがっている社員もいる。会社は、丸の内にあるというのに。松本弘就は、会社近くかつ新幹線や飛行機に乗りやすい場所にしか住まない。とにかく移動時間の節約こそが最優先されるべきで、なんとなく芸能人にも人気だとかひなびた雰囲気がいいだとかいう理由で、交通の便が悪く家賃も高い街に住む人たちを、見下していた。

松本は年賀状を、すぐさまゴミ箱に捨てた。今年もらった年賀状は、ただの一通も返事を書くことなく、そうしてきている。昔世話になった人からの年賀状にも、返していない。がらんどうの部屋に、無駄な物を置いておくスペースはない。それに、そういう古い慣習は無駄であると、これまで各メディアや講演会等で散々言ってきたからだ。無駄なことにつきあっていたら、自分のやりたいことに、集中できない。

松本は週のうち三〜四日は、女性たちのいる飲み会に参加している。

この日も、男三対女三で、盛り上がっていた。

初対面の女性たちと話すのは、楽しい。楽しいからといって、遊んでいるわけではない。飲み会も、松本のビジネスであった。

大企業、中小企業、ベンチャー企業問わず、その会社の広報なり窓口となる人は、比較的美人の女性である場合が多い。だから、新たなM&Aを成立させるためのきっかけとなりうる。半分仕事だからという口実で、女性たちを集めることが可能だったし、半分遊びだという理由で、事業の話もざっくばらんにしてもらえた。勿論《もちろん》、半分ビジネスであるから、松本弘就は浮かれまくるということもなく、招いた様々な企業の人々を満足させることに専念した。そういうこともあってか、数年間にわたり数百回こういう飲み会をしてきたわりに、松本はさほどおいしい思いはしていない。

「ちょっと、厠《かわや》へ行ってくる」

松本はトイレへ立った。小便をし、手を洗っているところで、スマートフォンが鳴った。手をペーパーで拭き、慌てて取りだして見ると、知らない番号からだった。自分が登録していないということは、丁重な対応をしなくていい相手だということ。だが少し迷って、松本は出た。すると男の声がして、話を聞くと、先月、M&Aを急に断ってきた大企業の社員だった。謝罪の場をセッティングしたいとのことだったが、今は取り込み中だと告げ、切った。

「まったく、どうでもいい電話で、俺の時間を奪うんじゃねえっ！」

酒の勢いもあり松本が大きな声で叫ぶとトイレ内に反響し、新たに入ってきた若い男が驚いたような顔をした。松本はスマートフォンのメモアプリに、「電話を撲滅するには？どことどこま？」と記した。「ま」、とは、「M＆A」の略である。


有料会員限定のエグゼクティブな記事を発信しているWEBメディアからのインタビューを済ませた松本弘就は、その足で麹町《こうじまち》へ向かい、文化人が週替わりのゲストで出るFMラジオ番組の四本録りを済ませた。また会社へ戻り、会議をした。

その日は会食もなかったため、日本橋の百貨店で大切な人へ渡す贈答品を買った後、書店でビジネス書を一〇冊買い、タクシーを拾った。

松本はもうここ二、三年、百貨店といえば東京駅から日本橋エリアの店しか利用しなくなっていた。五年ほど前まではもっぱら、新宿の百貨店に足を運んでいたが、現在の松本の生活圏からは少し外れているし、あそこはもうなんの商売をしているのかよくわからない下品な成金連中や、援助交際の男女たちに占拠されていて、行く気がしなかった。都心の老人ばかり来る伝統の百貨店こそが本物だと知ってしまった松本は、もう新宿には戻れない。

帰り着いた、がらんどうな部屋。

２ＬＤＫの部屋には、シングルベッドと机、木のフレームの軽い一人掛けソファーくらいしかない。書棚もなかった。松本が物を極力置かないようにしているのは、いつでも身軽に引っ越せるようにするためだ。使わないものを管理するのに割《さ》く時間や、目障《めざわ》りな物を目にしたとき、それを見て自分の感情がなにか少しでも動かされるのを、無駄だと思っている。徹底した無駄の排除。常人離れした仕事がこなせるのも、そういった日頃の研鑽《けんさん》の積み重ねからきているのだと、松本は思っている。

できるだけ身軽でいることが、大事だ。今時、物にこだわるなんて、馬鹿げている。重要なのは、楽しい経験だ。松本は、高級車を買うなどということにまるで興味はないが、車に住むのが理想だと思っている。日本の道さえもう少し広ければ、キャンピングカーでも買い、そこにすべての荷物を積んで、暮らしたい。生活も移動も、一台の車で完結させられれば、もっと無駄がなくなるのに。

机の近くの床に、積み上げられた本の山ができている。極力電子書籍で買うようにしているが、電子版がない本だけでなく、物として持つことでモチベーションを上げられそうな本は紙版を買うから、どうしてもたまってくる。棚を置きたくないため、トイレや風呂場の棚、壁面収納といった空き場所にしまっていても、あふれてしまう。定期的に不要な本は処分していても、自分の不勉強を自覚している松本はふとしたときに、ものすごい量の本をまとめて買ってしまう。さっき買った本を一〇冊、机の上に並べると、それらに書かれているエッセンスをまた自分は吸収し成長してしまうのだと、心の底からワクワクした。

「ああ、もっと、俺のビジネスを加速させたい」

声に出して言った松本は、部屋着に着替える時間も惜しいのか、スラックスにシャツ姿のまま、集中して本を読みだす。


また、あの番号から電話がかかってきた。出たくなかったが、取引相手だったということもあり、会社にいた松本は仕方なく出た。もう一ヶ月以上も前にご破算になったM&Aのことに関し謝られて、なにか他の買収案件でももってきてくれるのかと少しは期待したが、会って謝罪にうかがいたいので時間を捻出して欲しいとお願いされるだけだった。

しかし丁寧な謝罪が、いったいなにを生むというのか。

なにも生まない謝罪をされるために、こちらがわざわざ時間を捻出すること自体が、損失の上重ねになる。

「もう、大丈夫ですから、ええ」

丁寧な口調で断ってもなお、「近々、またメールのほうでも、お送りさせていただきます」と言ってきた先方の顔を思いだし、松本はますます不機嫌になった。会議室に戻ったとき、ドアを開閉する音や顔にそれが出ていたのか、参加していた社員たちから、腫れ物にさわるような目で見られた。これではマズいと、つとめて明るい表情になった松本は、すぐスマートフォンのメモアプリに、「『謝罪不要論』、一ヶ月で執筆↓幻冬舎で出す？」と記した。

大手衣料品メーカーと、老舗《しにせ》ジーンズメーカーとのマッチングがうまくいきそうな中、都内で行われたジーンズメーカー側との打ち合わせの最中、不服そうな態度を露わにしている男がいた。ジーンズメーカーの、五〇代の古参社員だ。同族経営で一昨年《おととし》社長になったばかりである三〇代の社長は、此度《こたび》のM&Aにたいへん乗り気で、先日松本は一緒に軽井沢へゴルフに行ったくらい、スムーズに話はまとまっていた。

今さら、話を戻すことは難しい。そうであるにもかかわらず、

「でもその条件だと、あまりにも先方にとって条件の良すぎるのっとりじゃないですか」

と、古参社員は不満そうに漏らした。

今時、M&Aのことをのっとりだと思っている奴は、時代錯誤も甚《はなは》だしい。そんなことだから、二〇も年下の世襲社長から命令される立場になるのだと松本は思った。M&Aは、二つの企業が対等な立場で、相互補完的に足りないところを補い合い、互いに得をする仕組みだ。そんなこともわからず、十数年前に茶の間に浸透したM&Aのなんとなく負のイメージをひきずっているとは、ろくに新聞も読んでいないのではないか。

今後の具体的な手続きの説明に入っているとき、会長の妻がやって来て、彼女もなにやらM&Aには乗り気ではないようで、先代の社長である会長ともじっくり話してみるからと、別の日に再度打ち合わせをする運びとなった。

部下たちとともにジーンズメーカーの社屋を出た松本は、一人だけ連れ、タクシーに乗った。これから新幹線で向かう大阪への出張にも、同行してもらう。

「くそっ、あの婆さんも、余計な口はさみやがって」

松本の口から出た悪態に、右隣に座る部下が同意するような笑みを浮かべる。松本はタクシーに乗るとき、後部座席の左側にしか乗らない。目上の者が右側に座るという、旧態《きゅうたい》依然《いぜん》とした謎の慣習を、侮蔑《ぶべつ》していた。左側から乗りこんで奥まで移動するほうが疲れるし、運転手の頭をずっと見続けるのも嫌だ。料金の精算が終わるのを、右側の席に座りじっと待つのも馬鹿馬鹿しい。東京駅につけて降りた松本は、部下がやって来るのも待たず、さっさと駅構内へ歩いて行った。

「まったく、また別日に打ち合わせなんて、至極時間の無駄」

苛々しながら駅構内の書店へ向かう松本の視界に、ぴったりとしたスーツを着た、長身の女性が現れた。背を向け、キャリーケースを引きながら歩くその二〇代とおぼしき美女の尻に、松本の目はしばしば釘付けになった。胴体は細めだというのに、まるで西欧人のように、縦方向に立体感のある、二つに割れた大きなお尻なのだ。

「社長、食べ物、なにか買っておきましょうか?」

「桃」

追いついた部下から訊かれた松本は、すぐに答えた。

「え……桃、ですか? ありますかね」

「俺は桃が食べたいのっ……探してみて、千疋屋《せんびきや》とかなかったっけ」

無性に苛々していたからかわからないが、松本は酸味のある甘いものを欲していた。

部下が探しに行っている間、書店を訪れた松本は、ビジネス本のコーナーへ足を運ぶ。

平積みにされ目立つ本の表紙を、ざっと眺める。

『世界金融の覇者』『モノからコトへ』『なぜ自社ビルにこだわる会社は潰れるのか?』『旧態依然をぶっ壊す』『弱肉強食』『ビジネスに活かす神技メモ術!』『部下を動かそうとしたら会社は潰れる』『新次元2.0』『トランクケース一つの荷物で生きる』『脳内コイン―仮想通貨の次へ』――。既に松本が読んできた本、そして好きそうな本が、たくさん並べられている。

そのうちの一冊を手にしようとしたとき、隣の男も同じ本を取ろうとして、上から手に触《ふ》れてしまった。小さく会釈《えしゃく》した松本は、本を手にとり目次を開いてから、隣の男へそれとなく目をやる。背丈や年齢、服装が、妙に自分と似ていると思った。毛髪や肌の張りまで似ていて、同じことを思ったのか、相手も松本を見ており、目が合い、二人の視線はすぐに反発しそっぽを向く。

するとほかの客たちの姿も松本の目に入り、隣の男ほどとまではいかないが、服装や雰囲気、たたずまいなど、妙に自分と似ている男たちが、ビジネス本コーナーに何人もいることに気づいた。

鳥肌が立ち、得体の知れない居心地の悪さをおぼえた松本は、棚に目を戻すが、並べられた無数のビジネス本のタイトルを見ていると、自分の思考が、なにかにのっとられているような気がしてきた。

レジのほうから、大声が聞こえた。振り向くと、自分と似た雰囲気の男が、若い女性店員に、大声でなにか言っている。

「だから、なんで今時、カード払いができないの!? 現金を持つなんて、時間の無駄! 現金がないから買ってもらえないなんて、そっちにとっても機会損失でしょう? 旧態依然としているな、まったく」

松本と似た雰囲気の他の客たちも、レジで大声を出す男を見ている。あれが気になるのか。自分と同じものに関心をもち、同じような考えをし、同じようなしゃべりかたをする人間が、この場にいっぱいいるような気がして、具合の悪くなった松本は結局一冊も本を買わず、新幹線乗り場へ向かった。改札を通ってすぐの場所で待っていた部下から白桃サンドとお茶を受け取り、松本はグリーン車へ、部下は普通車へと別れて乗る。

乗車して間もなく発車した新幹線の中で、パソコンを広げる気にもなれなかった松本は、白桃サンドをムシャムシャ食べだした。求めていた酸味と甘みで、苛つきや具合の悪さが少し落ち着く。甘みは偉大だと思った。人間の味覚のうち、最も早く知覚されるのは甘みだという。弱った生物にとって、第一に優先されるべき栄養素が、ブドウ糖だかららしい。やがて鼻のほうへも広がる桃の香りに、松本はやすらぎを得た。さっきまでの打ち合わせで疲れていたのと、急に甘いものを胃に入れたためか、眠くなり、意識が遠ざかってゆく。

まぶたに日光がさし、目が覚めた。

今まで、暗いところにいた気がする。急に明るくなったから、起きた。自分は新幹線に乗っている。長いトンネルにでも入っていて、その間に、太陽に対する新幹線の向きが変わったのだろう。とりあえずブラインドを閉めるが、とにかく頭がぼうっとしていた。

自分はいったい、誰なのか。

袋。サンドウィッチの袋だ。白桃サンドを、食べたのだ。ここは新幹線のグリーン車で、東京駅から新大阪駅へ、向かっている。新大阪へ向かっているのは、仕事のため。なんの仕事か。M&A。M&Aとは、なんだ。

だんだんと、自分が何者であるかを、思いだしてゆく。そして、自分が何者であるかを、積み重ねるように思いだしていっているこの感覚も、すぐに忘れてしまうのだろうなと思った数秒後、松本弘就はそんな意識を忘れた。テーブルの上に置いてあったスマートフォンをなんとなく手にし、なんとなくメモアプリを開く。

びっしりと記された、数十件にもおよぶメモ。スクロールして読んでゆくと、やらなければならないことを知ってゆき、松本弘就は、どんどん松本弘就になっていった。

ビジネスを、加速させたい。

パソコンを開き無線LANにつなげた松本は、色々な人たちに連絡をとり始めた。ただどことなく、以前そうやっていたときより、いささか、ぎこちなさがあると感じた。東京駅の書店で出会った、あの男たちの姿を思いだす。あの連中も、同じこの新幹線に乗っているのではないか。想像してみると、不気味に思えた。

そう感じてしまうのも、己《おのれ》の成長が足りないからかもしれないと思った松本は、インターネット通販サイトで本をまとめ買いしようと、ビジネス本の新刊をチェックする。今日発売の本が、既に何人かから買われていたようで、残り一点となっていた。

ふと松本は、自分はこの本を、とっくに買っていたのではないかと思った。同じような本をよく買ってきているからか、わからない。

渋谷と彼の地

渋谷《しぶや》駅で地下鉄半蔵門《はんぞうもん》線から降り、地上の出口を目指し複雑な駅構内を歩く。度重《たびかさ》なる大がかりな工事を経て昔よりだいぶ歩きやすくなっているらしいが、東京に住み続けている僕にとっても渋谷駅は複雑に入り乱れすぎ、全体像をちゃんと把握できない。改築されたエリアにいると、大工事を経ても依然として複雑なままなのかと、動線の汚《きたな》さをよけいに実感させられる。

執筆仕事をする関係上、運動不足になりがちだからと階段を上っていたが、取材対応用のジャケットを着ているからか、二月という季節でも少し汗をかいてきた。汗をひかせるため、途中からエスカレーターに乗った。

午前中、半蔵門にあるFMラジオ局の生放送番組に出演した。昨年末頃に刊行した新刊小説のプロモーションがてら、同番組へ一年数ヶ月ぶりに呼ばれた。今日番組でリスナーたちに募集したメールテーマも、小説の内容に沿うものにしてくれた。

このあと午後二時から渋谷の道玄坂《どうげんざか》近くのビルで、清涼飲料水のWEB広告のインタビューと写真撮影がある。送られてきた資料によると、昭和の時代から続く伝統ある清涼飲料水だからか、これまでに同製品の広告に起用されてきた人たちは、オリンピック選手だとかなんとか栄誉賞、直木《なおき》賞や芥川《あくたがわ》賞受賞作家だったりと、年配の人たちにもわかるような肩書きをもつ人が多かった。小説執筆以外の僕の仕事において、有名な文学賞である芥川賞受賞作家という肩書き自体が大事な仕事は、割合としてさほど多くはないものの、確実にある。

昼食がてら二時間弱をつぶすため、僕は地上の立体歩道に上がり、スマートフォンでグーグルマップを開く。最近建ったばかりという感のあるヒカリエは今年で竣工《しゅんこう》から丸一〇年経つが、渋谷駅周辺の動線が汚すぎるからか、未だ街に馴染《なじ》んでいる感じがしない。それに加えて渋谷スクランブルスクエアやミヤシタパーク等、ここ三年以内にできた巨大な商業施設が他にもあり、僕は追いきれていなかった。

東京における僕の行動拠点は長らく御茶ノ水《おちゃのみず》や新宿《しんじゅく》近辺で、たまに用があるだけだった渋谷の街の変遷を無理に追う必要もないのだが、好奇心を失っては駄目だと思っている。世界的な感染症が流行《はや》っている最中に開業したミヤシタパークへは一度も行っておらず、この際だからと足を向けた。

南北に細長く建てられた三階建てのミヤシタパークを歩いてまわると、一階には屋台形式の和風の飲食店が多く展開し、二階より上はエスニックや洋食といった様々な飲食店の他にも各種ショップがテナントとして入っていた。席間が狭い飲食店が多い中、比較的ゆったりと座れそうなカフェに入る。丸っこいシルエットの、牛肉にこだわった感じのハンバーガーをたいらげ、ホットコーヒーを飲みながらスマートフォンをさわる。検索ブラウザとして使用しているグーグルをなにげなく開いていると、いつのまにか開催されていた冬季北京《ペキン》オリンピックに関するニュースと、今月頭に訃報《ふほう》が流れた元東京都知事に関する批判めいた記事なんかが表示された。

グーグルは、僕による無数の検索ワードの入力や各トピックごとの滞留時間を通し、アカウント主の僕がオリンピックなどという他人がやるスポーツになんの興味もないことについて、僕以上によく知っていそうだが。なぜ表示してきたのか。他人のスポーツに興味のないおまえであってもオリンピックくらいは注目しろといってきているのだろうか。それとも、亡くなった元東京都知事に関連しての表示だろうか。小説家でもあった元都知事による、ぱあっと祭りでもして盛り上がりたい、というような思いつきで、東京オリンピック構想はたちあがったと聞いている。

元都知事は生前、たえず一定数の人たちから批判的な目を向けられていた。近年は大病の後遺症もあったのか明らかに調子が悪そうで、新たに台頭してきた自己顕示欲の強い政治家からも叩かれ可哀想な老人の様相を呈して久しかった。死後、彼を責める言葉は結構な数、目についた。政治家としての振る舞いだけでなく、半世紀以上前に書かれた小説の内容まで、現代の最新の道徳観に結びつけて扱《こ》き下ろされたりもしていた。存命のうちに批判すればよかったのに、という思いは、僕の中で自然と浮かんだ。生前から批判してきた人たちに関しては、態度が一貫しているからなにも思わない。

僕は芥川賞の候補になって四度目で受賞したわけだが、そのうちの二回は、選考委員だった元都知事に小説を読んでもらっている。初めて候補になったとき、評価がさほど芳《かんば》しくなかった中で唯一、元都知事には結構褒めてもらえた。だからといって、今の僕が元都知事を擁護《ようご》しているわけではない。二度目の候補時には、酷評された。それほど、物事に対し、先入観なく捉《とら》えようとする人ではあったのだろう。

SNSをチェックすると、そこでも冬季北京オリンピックのニュースの見出しが目に入った。世界的な感染症の蔓延《まんえん》で東京オリンピックは開催が一年遅れ、去年の夏やったばかりだから、しょっちゅうオリンピックで騒いでいる気がする。ただ、僕が嫌いなのは東日本大震災の復興が終わっていないのに建設会社の労力や税金を投じられた東京オリンピックの開催であって、他国で行われているオリンピックに対しては、不快感を覚えなくてもいいはずだった。

店が混んできたこともあり、外に出た。駅のほうへ戻ってから右へ曲がり、スクランブル交差点の歩行者信号が青に変わるのを待つ。ハリウッド映画に出てくる風景としてのスクランブル交差点が、頭の中にたちあがった。間違った使われ方をした日本語の看板でも目に入りそうだ。ハリウッド映画の風景内に変な日本語を見つけたときの心もとなさは、数十億や数百億円の制作費をかけた映画にもかかわらず、日本語の校閲チェックには一切の労力や費用が割かれなかったという事実によるのだろう。適当な学生に五〇〇〇円でも払えば、変な日本語看板のチェックなどオンラインでも済ませられるというのに。その手間を惜しんでもいいと思われてしまうほど、日本は軽んじられている。

とはいえ自分だって、そんなふうに感じる資格はないかもしれない。東欧・中欧の隣接した四カ国をまわったテレビ番組のロケ撮影で、北マケドニアの観光地の広場において黒髪の日本人数人がたむろしていた。異国の画《え》がほしいのに黒髪の同国人たちが邪魔だというカメラマンたちの判断で、撮影は少しの間中断されたし、僕も、早くあの人たちどかないかなと思った。観光地にアジア人が一人もいない、という画のほうが不自然かもしれないわけで、ハリウッド映画に出てくる渋谷の変な日本語とそう変わらない。

北マケドニアでの自分のあの振る舞いも、三年前の話だ。北マケドニアの隣国ウクライナは今、プーチン政権下のロシアに武力侵攻されようとしている。日本の各メディアのニュースではそのことよりも、北京オリンピックのほうが大きくとりあげられていた。国際銀行間通信協会ＳＷＩＦＴからロシアを排除するという脅しを切り札に交渉すべきなのに、西側諸国の一部がロシアに天然ガスの輸入を頼ってしまっている関係でか、あるいは有識者にしかわからない他の事情でもあるのか、現段階では抜本的制裁に及び腰であるように見受けられる。

黄色信号に変わり交通量が減ったスクランブル交差点を、希少なスポーツカー、レクサスＬＦＡがけたたましいエンジン音とともに通り過ぎ、その後ろを、電気自動車のテスラ・モデル３が無音で通り過ぎた。歩行者信号が青になり、僕は速い歩調で歩きだし、道玄坂を上る。また一台、車道をエンジン音のうるさいスポーツカーが通り過ぎ、見るとイギリス製のマクラーレンだった。エンジン音のやかましさは、断末魔の叫びのようにも聞こえた。

西側諸国は団結して、自動車産業の覇権を再び自分たちの手に取り戻そうとしている。ベンツ、ＢＭＷ、アウディ、フォルクスワーゲンといったドイツメーカーの作る車全体の完成度は日本の各メーカーより上だが、低価格の割に質が良い日本のガソリン車を相手に世界的なシェアでは苦戦している。日本メーカーの優位性を無効にするためのＥＶ移行戦略は、原子力発電所の段階的廃止という一部の西側国の国策とも関係している。現在のエネルギー技術環境下で原発を止めようとすれば、太陽光や風力、地熱発電等再生可能エネルギーの安定しない電気供給量を補うために、天然ガスを燃やし発電するしかない。それがここへきて、天然ガス輸出国であるロシアに対する現時点での西側諸国の及び腰という態度に繋がっている。つまりプーチン政権の暴挙と西側諸国の対応に目を向けることは、自動車製造を基幹産業とする日本に住む人々にとっても無関係ではないのに、ニュースのランキングでは北京オリンピックや芸能人の不祥事が上半分を占めていた。なぜ、皆もっと怒らないのか。怒るまでは至らずとも、そのニュースをクリックし、アルゴリズム上の優先度を上げ他者とも共有しようとはしてもいいんじゃないか。だから、ウクライナへの心配より他人のスポーツのほうが気になる人が多い現状に、僕は苛《いら》つきを感じているのだろうか。

道の反対側にある渋谷マークシティの車輛用《しゃりょう》スロープを通り過ぎたあたりで、僕の進行方向からして右斜め前方に枝分かれする道との分岐点にさしかかった。目的のビルはこの道沿いだったかとグーグルマップで調べると、裏渋谷《うらしぶや》通りといって目的地への経路から外れていた。裏渋谷通りは、京王井《けいおうい》の頭《かしら》線の神泉《しんせん》駅方面へと至る道だった。

神泉へは、一度だけ行ったことがある。一〇年前、出版社経由で大手広告代理店の人から依頼がきた。とある漫画原作の地上波テレビドラマを制作するにあたり、有名映画監督が起用され、その映画監督により、脚本執筆担当として僕が指名されたのだった。監督と僕との間に直接の面識こそなかったものの、そのさらに数年前に僕の小説を監督が映画化しようとしてくれて、キャスティングに難航し結局流れたという経緯があった。神泉にある映像制作会社にて、打ち合わせの場が設けられた。多忙な監督が不在の中、制作会社の人と広告代理店の人も、脚本を書いたことが一度もないという僕に対し、自身の小説原作ならまだしも他人の漫画原作の脚本を書かせようとなぜ監督が思いついたのか不可解だという顔をしていたし、それは僕も同じであった。

僕はできる範囲で精一杯、備えてきてはいた。脚本の書き方に関する本を数冊買い、読みこんできていた。経済的に不安を感じるようになっていたので、もらえる仕事はどれも全力で引き受けるという態度でいた。ただ話し合いは低調に終わり、僕が脚本を書くという話は当然のように流れた。


インタビューと撮影を二時間弱で済ませると、PR会社の人に呼んでもらったタクシーに乗った。青山《あおやま》通りを左折し外苑西《がいえんにし》通りに入りしばらくすると、僕にとって居心地の良い景色が見えてくる。千駄《せんだ》ケ谷《や》駅の南側、東京体育館のある方面には、高校生だった自分が小説家デビューを果たした新人文学賞の主催、河出書房新社のビルがあった。自分が世間に受け入れてもらえるきっかけとなった場所という刷り込みがあるためか、このあたりを通るだけでも、心が安らぐ。

通りを北の方へ進むと、左手に河出書房新社の小さな自社ビルが見えてくるより先に、右手に真新しく巨大な国立競技場が見える。東京オリンピックのために作られた建造物だ。

僕がデビューした二〇〇三年時点でも旧国立競技場はあったものの、河出書房新社の真ん前には、景色の開けただだっ広い公園があるだけだった。文学新人賞受賞者や同社から本を出したことのある作家の多くが、その公園で著者近影や対談写真を撮られている。

デビュー直後だった高校三年のある日の放課後、午後四時に担当編集者と社屋で打ち合わせの約束をしていた。御茶ノ水の私立高校に通っていた僕は総武《そうぶ》線に乗りすぐ会社の近くに着いてしまい、さすがに今訪問するのは早すぎると、MDウォークマンで音楽を聴きながら公園をぐるぐる歩き回り、時間をつぶそうとした。河出書房新社の横並びにあるラーメン屋に入っても良かったが、ラーメンに一〇〇〇円近く出すのはもったいないという金銭感覚だった。遊具もないただの広場である公園を歩きトイレで用を足し、社屋へ入る前にもう一度、トイレの小便器に向かったのを鮮明に覚えている。

あれから干支《えと》が一回りした年である二〇一五年の夏、東京オリンピックの発案者だった元都知事がいない選考会で、僕は芥川賞を受賞した。そして受賞に際してのメディアインタビューにおいて、言わないほうがいいことを言ったり、テレビ収録等笑顔を求められているところで全然笑わなかったりしたらそこを面白がられ、色々な媒体から呼ばれるようになった。来月には終わるだろう、今年中には終わるだろう、と思い続けていたらピークは過ぎたものの依頼は途切れはせず、今の時点で六年半も続いている。

バックミラーの中で小さくなってゆく国立競技場を見ながら、維持にも莫大《ばくだい》な税金が投入され続けるあんな建物を、これからどうするのだろうと漠然と思う。東京オリンピック級の大きなスポーツイベントなど、もう日本で開催されることはなさそうだというのに。

そもそも僕は、約半年前の東京オリンピックがどのようなものであったか、全然知らない。各競技の様子や、開会式や閉会式も含め、東京オリンピックに関する映像を今に至るまで、ただの一秒も見ていないのであった。

そこらにいる、強めの東京オリンピック反対派の人たちは、批判するために開会式や閉会式まで見ていたりする。ただ僕の場合は、家にテレビがないし、自分がやるならまだしも、他人がやっているスポーツの勝負にまるで興味がもてないから、結果として、本当に一秒も見ていない。


小説執筆に日中の大半を費やした僕は、夕方、ベッドで仮眠をとった。一時間強で自然に目を覚ましてから少し遅れ、一八時ちょうどに鳴ったスマートフォンのアラームを止める。これからテレビ番組の収録現場へ向かう。用意していた服に着替え、駅へと歩いた。

小説家が何人か出演するそのテレビ番組へ、準レギュラーという位置づけの僕は二〜三ヶ月に一度ほどのペースで、もう六年ほど呼ばれていた。香盤表《こうばんひょう》を見る限り、芸能の仕事も忙しいレギュラーの二人は日中から既に何本か撮っていて、僕は一九時一五分にハウススタジオ入りし、メークと打ち合わせ後、二〇時から収録に参加というスケジュールだ。

上り方面の電車内はやや空《す》いており、シートに座りながら僕は、今しがた届いたばかりのメールに目を通す。先週出演依頼がきた他のテレビ番組の、オンライン打ち合わせの確定日時と参加URLが記されていた。

芥川賞を受賞して二年間ほどは、月の半分くらいをメディア出演や講演会に費やしていた。今は月に四～五本くらいのペースで引き受けている。

ただの小説家である自分がデビューして一二年経ってから急にメディアに呼ばれるようになったのは、言わないほうがいいような身も蓋《ふた》もないことを言い、笑顔を見せるべきところで真顔だったりしたからだと自負しているし、周りからもそう言われたものだ。ところが今の僕ときたら、言わないほうがいいことは言わず、他の出演者が笑っている局面では全然おかしいと思っていなくとも嘘の笑顔を見せるようになった。つまり初期の特異性は消失し僕に需要はなくなっているはずなのだが、惰性でキャスティングされるのか、続いていた。

控え室に入ってすぐ、男性ADとの一対一での打ち合わせとなった。台本にそって説明される。初回から出演されている、小説執筆と芸能仕事のどちらも本職としてやられている一人の方が今回の収録をもって卒業されるとのことであった。前回の収録後に、その可能性を耳打ちされていた。

「……ですので、ここで地上波とBS両方をとおしての想い出なんかを語っていただければと思います。あれをやらされたな、とか、キツかったな、等ですね」

「あの、すみません、台本のこの流れだと、僕も卒業するみたいな感じになっていますけど、送り出す側ではないんですか？　これだとブレているといいますか」

訊《き》いてみれば、今後はレギュラーとして一人だけ残し、他のメンツに関しては今回で実質卒業なのだという。

「これからは、とりあげる内容との相性でゲストとしてお呼びしたり、という感じでお願いすると思います」

ＡＤは言いにくさを誤魔化すかのような明るい口調で言う。そこまで気を遣わなくてもいいのに、と僕は感じていた。それはそうだろう、という気持ちのほうが強かった。ゲストで来てくれた小説家の作品を深くとりあげる、という放送内容の時期もあったものの、作品の話に熱を入れるほど、その時間帯の視聴率は下がったという。なにかを食べたりするときは、視聴率が上がったらしい。そもそも誰も見てくれなかったら小説に興味を示す人も減るだろうと、僕も食事するだけの台本に従ってきたりした。今日の台本に関しては、全国のレトルトカレーを食べ感想を述べるという内容で、小説の話をする展開は皆無だ。

「前の撮影が順調に進みましたので、予定どおりこのあと八時過ぎに、スタジオへ移動していただきます。またお呼びいたします」

ＡＤが出て行くと、あと二〇分ほどあった。ヘアメークの女性が片付けをしているテーブルの上には、中華弁当とシューマイ弁当が置かれている。いつもだったら両方食べてしまうが、さすがに今日は手をつけない。何故ならこれから、レトルトカレーを食べまくって感想を述べるという仕事をするからだ。

スマートフォンをさわり時間をつぶす。ブラウザに表示される見出しをスクロールしてすぐ、先日亡くなった小説家Nさんについての記事が出た。読むと、既に知っている内容が書かれているだけであった。今月頭に元都知事が亡くなったあと、Nさんは追悼文を発表していた。そしてそのNさん自身が、数日後に急逝した。

享年五四歳であったNさんと僕は、歳こそ離れているものの、デビュー年は近い。クイズ番組の収録現場でお会いした際、Nさんのほうからそうおっしゃっていただいた。Nさんも僕より数年前に芥川賞受賞をきっかけに有名になられた方であり、僕はテレビ番組の収録現場で何回も会っていた。というより、テレビ局でしか会わなかった。一度だけ、東京會舘のエレベーターホールで見かけたことはあったが、そのときは面識がなかったし、僕のほうが無名だった。

敵ではないとわかった相手には、距離を縮めるような気を遣った会話をしてくださる大柄なNさんは、僕にとっては優しいお人柄であった。小説も面白かった。そんなNさんが、他の人の追悼文を書いた直後に、亡くなられてしまった。五四歳など、亡くなるにしては早すぎる。そんなNさんのことがあったからこそ、この頃の僕は、人の死だとか、人が死ぬ可能性に対し、敏感になっているところもあるのかもしれない。

午後一〇時半頃に収録が終わり、用意してもらったタクシーに乗りこむ。

「チケットはもう運転手さんに渡してありますので、いつもどおり降車時にサインだけお願いします」

発車するタクシーの車内から窓越しに、女性スタッフへ僕も再度お辞儀する。いつもと同じように送り出されてから、あのスタッフたちと次に会う機会があるのだろうかと、遅れて思った。

メールやメッセージが数件届いており、そのうちの一件は、レギュラーで出演している旅番組のロケ撮影延期に関するものだった。全国の路線バスだけを乗り継ぎA地点からB地点まで四日間でゴールするというゲーム性のある旅番組に、二〇一六年の一〇月からもう五年以上出演している。三回連続で失敗するとクビになる決まりで、前回で二連続の失敗という結果になっている。世界的な感染症によりここ二年ほど、何度も撮影延期に見舞われていた。今回も、感染者数拡大という世情を見ての延期とのことだった。予定では、五月になるらしい。その間に年度末をまたぐため、各バス会社のダイヤ改正は避けられず、制作陣が考えていた正解ルートの設計にも、ある程度のやり直しが生じるだろう。

一九回も出演していると、ルート上重複する部分がかなり出てきていた。廃線で繋がらない地域を避ければ、そうなってしまうのだろう。ただ実際に旅が始まると、重複するルートを通っても、僕は以前来た場所やルートであることを、毎回忘れていた。家にテレビがないため放送を見ず反省しないという理由もあるのだろうが、そもそも、バスを乗り継いだり長距離歩いたりして見える日本各地の光景が、どこも似たり寄ったりであるからという理由のほうが大きい。旅の最中は散々地図を見たり人に話を聞いたりして地名を細かく覚えるのに、終わると忘れる。

一九回中一回だけ、目にした光景や、受けた印象が他と異なる回がある。二〇一八年の夏に、宮城県の塩釜《しおがま》から青森県の恐山《おそれざん》を目指した回だ。結果的に僕たち出演者は、ほぼ太平洋沿岸沿いに北を目指すというルート選びをした。

東日本大震災で失われた鉄道路線の跡地を電車のかわりに走る、JR東日本のBRTという路線バスを多用しながら、僕は地震の被災地の傷跡を、初めてちゃんと見たのであった。

真夏という時期柄もあったが、あの回の印象は、照り返す太陽による過剰なほどの白っぽく輝いた世界だ。海面に日光が乱反射していたのもそうだし、すべてが津波で流されてしまった跡に建設されていった、真新しいコンクリートの護岸や防潮堤が、日光を照り返していたのだ。そんな光景は、海沿いに延々と続いていた。

メディアに映されていた震災直後の、津波にやられそこらじゅう破壊された建物や木々等のゴミだらけという散らかったイメージとは真逆で、湾は穏やかだし、人間が生活しているエリアは、道路や再建された建物といい、なんというか清潔さに満ちていた。

とあるバスは内陸の仮設住宅が建ち並ぶエリアも経由した。その際、バウハウス建築のような合理性で建てられた木造の仮設住宅を目にした僕は、素敵な建物で羨《うらや》ましいとすら感じた。そこに住まざるを得なくなった人々の絶望を頭では理解できても、美しい建築物を目にして、そういった感想を抱いてしまうのは止められなかった。

バスからはずっと、盛り土やコンクリートを固めて建築中の建物や防潮堤が見えていた。そのどれも数千万円単位の建築費がかかるであろうから、東北被災地全土の復興に関し募金では埒《らち》があかず、結局のところ税金の振り分けを適切に行わせるという、政治でどうにかするしかないと実感したものだ。税金を無駄な歳出に振り分けるべきではない。少なくとも、東京オリンピックを誘致するための裏金や、新しい国立競技場や周辺施設の開発のために、莫大な額の税金や建設会社の労力を投じているべきではないと。

その前年である二〇一七年、僕は東京オリンピックを盛り上げるためのヒアリング委員会のようなものに、広告代理店の人より参加を打診されていた。二〇一二年に、漫画原作のドラマ脚本を僕に書かせるという件で会った、あの広告代理店の人だった。ヒアリング委員会への誘いは、多忙を理由に断った。本当に多忙だったのだ。

だから東北の震災復興の光景を、バス旅のロケ撮影で初めて目にしたとき僕は、東京オリンピックとほんの少しでも関わりをもたなくてよかった、と心底思った。かつて鉄道路線が走っていた海沿いのトンネルを走るBRT車内で、僕は我慢できず「まだ復興がこんな状況なのに、東京オリンピックなんか開こうとしている場合じゃないですよね」と言った。撮影中のカメラの前でそんなことを口にしたのは初めてであったが、自分の発言が編集で削られることなど僕はわかっていた。同じような発言を、生放送では口にしていなかった。

他の仕事のメールも開いた。再来週出演するテレビ番組の台本PDFが添付されている。開くとはじめのほうに、スポンサー数社や広告代理店の名が、大きく太いフォントで記されていた。これらの企業が扱っているものにはじゅうぶん配慮しろ、という制作陣や出演者向けのリストだ。ここ数年の僕はそんなのにはとっくに従っている。編集の手間をかけたくないという制作会社の人たちへの配慮からくるものではあるが、それと同等なくらい、他の理由でも抑制しているのは否めない。

僕は東京オリンピックと、本当に関わっていなかったのだろうか。言うべきことがあったのに、それを言わない、という抑制によって、ずっとどっぷり関わり続けてきたという見方も、できてしまうのではないか。

タクシーが減速し、築浅の低層マンションの前で停まった。

午前中から、最も頭が冴《さ》えている時間を小説の仕事に費やした。

そろそろ出かける時間かと午後にメールチェックをすると、個人と法人とで一緒に契約している税理士事務所から、個人確定申告書のドラフトが送られてきていた。決算月が個人より数ヶ月遅れの法人も含め、予測だと個人と法人あわせ、一年間で七〇〇万円ほどの税金を払うことになるようだった。税金により支えられた社会システムの上で今の自分の生活があることはわかっているいっぽうで、国や自治体には、税金の適切な配分を行ってほしいと強く思う。適切な配分に自分が少しでも関わろうとすれば、投票行為といった政治に参加するしかない。そういった意識が昔より強くなっても、これまでにも投票はしてきたから、僕自身の一票の効力は増えようもないのだが。

スマートフォンから呼び出し音が鳴り、出ると機械じみた女性の声で、次回の車検整備入庫について案内された。カーディーラーからだ。車検は五月だからまだ早すぎる気もする。初めて車検を受けたのが二年近く前で、つまりはBMWのセダン、320d Mスポーツに乗り始めもう五年経とうとしていることが、にわかには信じがたかった。小金を手にして、さして必要でもなかった車を買ったのはつい最近の記憶だ。買ったディーラーに入庫するかどうかの返事は保留し、僕はマンションの駐車場に置いてある車に乗り、出発した。

面識のあるバンドから、臨海都市にあるホールで開かれるライブに招かれていた。たまたまスケジュールが空けられた学生時代の友人二人と行くことになっている。先方の男性マネージャーは車好きで、僕がかつて書いた車についてのエッセイ本も読んでくれていたため、ライブ会場の関係者用駐車場まで確保してくれていた。

首都高速を走っていると、国立競技場のある千駄ヶ谷近辺にさしかかった。緑に囲まれた直線路は、デビュー時の記憶と共に、僕に安らぎをもたらす。ただ、首都高速をそれなりに走るようになったのは、タクシーに乗ったり自分でこの車を運転したりするようになってからだ。だから、昔から抱いている良い印象で、最近知ったばかりの風景への認知を歪《ゆが》めているような気も少しした。

かつて学徒出陣の式にも利用された国立競技場を建て直す工事が始まって以来、河出書房新社の前にあった公園広場は、永遠に奪われてしまった。その代わり、目にするようになった光景もある。河出書房新社のビルの六階より上の窓からは、建設中の競技場の中まで見えた。小説の打ち合わせ等で訪れる度に、工事が進んでいる競技場の様子を、そして完成後も競技場内を上から、僕は数年間にわたり眺め続けてきた。オリンピックより東北の復興のほうが先だと思いはしても、建物が完成に近づく様子を子供のように目で楽しんでいたことは、否定できない。

二〇一九年の四月から一年半、木曜のパーソナリティを任されたラジオ番組で、二〇二〇年に入ったある時期から、平日毎日一〇分間ほど、東京オリンピックに出場する選手たちに女性アナウンサーがインタビューするコーナーが始まった。編集まで済んだ音源が流されるだけであるため、パーソナリティの僕や他のスタッフたちもトイレへ行ったり雑談なんかをしたりしていて、完全に休憩の時間として聴き流していた。僕は東京オリンピックや感染症に関する世間の反応に対する懐疑的な見解を、絶対にオンエアされない時間中に口にしたりしていた。

それらを、生放送中には口にしなかった。特に東京オリンピックを批判すれば、それは一〇分コーナーを担当する人たちをいじめるような構図になってしまうし、インタビューされる選手たちにも負の印象を与えることになるからだ。そして当然、生放送中に東京オリンピックの批判をしない理由は、それだけではないのであった。

世界的感染症でオリンピックが延期になったまま、二〇二〇年の九月末にラジオ番組は終わった。感染症に対し慎重派の人たちが声高に東京でのオリンピック開催を反対しだした頃に、僕も時折、そして言葉少なに、東京オリンピックに対して批判的なことを口にするようになった。代々木《よよぎ》公園の木が剪定《せんてい》されるというニュースが流れたときは、樹齢百数十年の木より拝金主義者たちの利益のほうが大事かと大いに怒ったが、その頃にはレギュラーのラジオ番組も終わっていたし、ラジオが終わっていたからこそ、周りの流れに乗り、異を唱えるようになったのかもしれない。

ライブ終演後、友人のうち一人は先に帰った。バンドのマネージャーから楽屋挨拶にも案内されていたため、僕ともう一人の友人とでホール出入口近くの案内された場所で待っていると、スタッフの一人から「お呼びするまであと一〇分ほどお待たせしちゃいます」と説明があった。

「グッズでも買うか」

「ああ。お招きいただいちゃったし、なんか買おう」

僕の提案に友人も賛同し、近くの物販コーナーへ行く。物色していると、僕に気づいた人たちのうち数人から声をかけられた。僕はなんにでも使えそうなタオルを買い、友人はCDアルバムを二枚買った。

「写真撮影まで応じて、サービスいいじゃん」

ある程度僕の性格を知っている友人から言われ、僕は首を横に振る。

「一応、ここでグッズを買いました、ってことを、周りにアピールしておいたほうがいいし」

「うわ、利己的っ」

「差し入れのお菓子渡すだけじゃ足りないから、仕方ないでしょう」

友人に言わせておいてから、言われた僕はあらためて、利己的な面を自覚する。その足で楽屋へ挨拶しに行き、終わると駐車場まで移動した。僕の自宅と方面は違うが、戸越銀《とごしぎん》座《ざ》にある友人のマンションまで送ると僕が提案したのだ。

「あの辺だっけ？　選手村跡地のマンション」

助手席に座る友人は目だけで〝あの辺〟を示しており、運転中で正面やバックミラーに目をやっている僕はそれを追えない。

「そういえば、Oが買うとか言ってなかったっけ？　どうなったんだ？」

「いや、買ってないよ。O、最近埼玉に引っ越したし。坪単価が相場より安いっていっても面積が広いから、普通の会社員が買うには高かったって」

いつだったかの飲み会で、Oは東京オリンピック選手村を流用して分譲販売される埋立地のマンションを買うと熱弁していた。東京都が破格で土地を売りデベロッパー数社が破格の安値で買ったから、マンション販売価格も安く済むのだという。

「Oは買えなかったけどそういえば、取引先の投資家が買ってた。でも自分では住まずに、転売するんだって。その人、勝《かち》どきの新物件も買うとか言ってた」

「金利上がってきてるけど、利ザヤなんてとれるの？」

「関係ないっぽい。金持ちは節税やらなんやらのために高級物件買うから、その需要で高級物件ほど、金利関係なく値上がりするんだとさ。東京でも空き家とかどんどん出てきてるのに」

「金持ちほど、インフレでさらに増える資産もってるんだろうな」

「大先生だってその口じゃないの？　俺らの年代で東京で車持つなんて無理なのに、BMWなんて」

「BMWの3シリーズとベンツのCシリーズは、東京では死ぬほど見るし、大衆車だよ」

「いいなあ、車移動。毎日満員電車は辛《つら》いよ」

「普段はだいたい電車移動だよ。車だと酒飲めないし、渋滞嫌いだし」

「もったいない。せっかく車持ってるなら、ドライブ行けばいいのに」

「混んでる道が、嫌いすぎて」

「混んでない所に行けばいいだろう。行きたい所ないの？　車じゃないと行きづらいような」

「心霊スポットとか？」

「そう。あと、新幹線とか飛行機にスルーされる地域とか」

友人を送り届け帰宅しても、先月満タン給油した燃料のメーターは、上限から八分の一弱しか減っていなかった。ドイツ製の高精度クリーンディーゼルエンジンは、少ない燃料で本当によく走る。書斎へ入った僕は、棚からドライブマップを数冊まとめて取り出した。全冊、車を買ったばかりの頃にそろえた、五年前の年度版だ。情報端末機器での検索が便利になった今となっては、ドライブの大まかなルート構想の材料としてしか使わないから、この手の本は古くても問題ない。

「関東」「東海・北陸」「関西」「東北」「北海道」の五冊があり、車でもバイクでも色々行き尽くした「関東」をパラパラめくったあと、最近仕事で何度か行っていた「関西」、路面状況からして「北海道」の二冊も省く。「東海・北陸」へ目を通してから、「東北」を開いた。山形に父方の生家があるから、関東から山形へ行く途中のルートは、数度参考にしていた。東北全体図を俯瞰《ふかん》してみると、山形以外の場所へは、ほとんど車では行っていなかった。

　自分の運転ではなく、仕事で、それこそバス旅のロケ撮影で宮城県や岩手県、青森県なんかの道も通ってはいる。ただ、衝撃的な光景は覚えているものの、バスがどのあたりを通り、どのあたりで食事をし宿泊したかなど、位置関係はほとんど思いだせないのであった。さらにいえば、どのあたりが津波の被害が大きく、地震や津波とは別ともいえる原発事故が福島のどこで起こり放射能の影響がどのあたりまで及んだのかも、地図を見てもわからない。

　この目で被災地を見て、感じるものもあったというのに、被災地のことを結局、まだ全然知らないでいる。呑気《のんき》だ。転売目的で選手村跡地のマンションを買った投資家と変わらない。己《おのれ》の欲を満たすため本音を隠すことで、東京オリンピックやそれにまつわる開発を進めさせてしまったような気が、僕にはした。自分は、汚い人間なのか？

　東日本大震災直後の一年間くらい、小説家は今すぐには反応せず、黙《もく》し、感じることしかできない、というような純文学文芸誌界隈《かいわい》での流派があるのを僕は感じとった。いっぽうで、すぐさま作品等で言葉を発した人たちもいた。当時Twitterが流行りだした頃で、速い言葉は他の人たちが散々表明していたし、小説家の特技は後出しで大局的な思考を描くところにあると思っていたこともあり、就職活動小説を刊行したばかりの二五歳だった僕は、結果として黙す派にいた。本音を単純化すれば、なにをいえばいいのかが、当時の自分にはわからなかった。

数年後、様々な人たちが震災にまつわる作品を書いたりして、僕はそれらを読み、さらに月日が経った。そして一〇年以上経過しても、いまだに僕は黙している。

いささか、黙しすぎていたようだ。東京の雰囲気だともう解決したみたいにされている東北の被災地に対し、今さらになって、自分の目は向いている。「東北」のドライブマップを開いていた僕は、手帳の月間スケジュール表を見た。対外的な仕事や小さい用事も含めると毎日のようになにかが入っているのだが、明日と明後日の二日間に関しては、なにも入っていない。

東北の被災地にある宿、それも東京資本でない宿に泊まり、そこを拠点に復興の様子を見に行ってもいいのではないか。

数年前のバス旅で泊まった、どこかの湾沿いの民宿が思いだされる。その日の終わりのバスから降り、夜道を歩き続け、なんとか見つけ泊まれた民宿だった。翌朝、宿の目の前にある真新しい防潮堤の上にまでのぼってみると、そこに広がっていた湾の美しさに目を奪われた。カメラがまわっていないときに宿の主人が話してくれたのだが、ゆるい傾斜地の道を挟んで下側の一軒家まで津波がやってきて、家主の方は亡くなられたのだという。つまりは、道一本ぶんの差で民宿は津波からの壊滅を免れ、僕らが泊まれたというわけだ。穏やかな風景と保たれた建物はそんなことは一言も発さないから、すぐ隣で起こった悲劇など、人から聞かされないと、知りようもないのであった。

テレビの行き当たりばったりの旅ロケで、スマートフォンも使わせてもらえない条件下だからこそ行けたあの場所へ、ネットで調べて行ってみても、場に漂っている声なき声をあのときほどの純度で感じることはできない気がしている。かといって、たとえば自分で車を運転し行き当たりばったりでなにかを探そうとしても、運転に集中し見過ごしてしまいそうだ。となるとやはり、行くべき場所、見るべき場所を、事前に定めておくしかない。

MacBookProを開き、ブラウザのサーチバーに〈東日本大震災〉〈見るべき場所〉等入力し、検索する。すると旅行アプリや旅行会社、ブロガーの人たちがまとめた記事なんかが表示された。行っておいたほうがよさそうな場所に、グーグルマップ上で適宜「東北取材」というラベルと共に印を打っていく。

宿も予約しておいたほうがいいだろう。散々地方で当日夜に宿をとってきたからわかるが、客が来ないと宿が判断した場合、定休日でなくとも、休業にしてしまったりする。見ておいたほうがいい場所としていくつかの宿が推薦されており、岩手県の湾沿いにある温泉旅館のホームページにいきついた。なんでも、女将《おかみ》が津波で流されかけたものの、奇跡的に助かり、今は語り部として震災のことを話してくれるらしかった。

予約フォーム上では、明日から明後日までの一泊二日だと予約できないという表示がなされ、時刻を見ると午後八時一八分だった。さすがに前日の夜だと、サイトからの宿泊予約はできないか。電話をかけると、二コール目で男性が出た。

「宿泊の予約をお願いしたいのですが」

――ありがとうございます。宿泊のご予定は、いつ頃がよろしいでしょうか？

「急ですみませんが、明日から明後日の一泊二日で、お願いしたいのですが……」

――ああっ……申し訳ございません、明日明後日ですと、当館は閉館中でして、承れない状況となっております。

説明によると、感染症の影響によるものらしかった。

――キャンセルのお客様が相次ぎまして、お客様方がいらっしゃらない中で営業しても仕方ないということで、営業再開は三月九日を予定しております。

本当にすまなそうに言う男性のニュアンスによると、客たちが一斉にキャンセルしだしたため、経営的な判断で休業しているようだ。

「わかりました、今回は見送らせていただきますが、また営業再開されましたら、その折はよろしくお願い致します」

――はい、その際はぜひ、よろしくお願い致します。

他も探してみると、三月頭まで休業とする被災地の宿がいくつも見受けられ、突然思いついた旅の遂行自体が危ぶまれていた。ある程度経営規模の大きなホテルなら、泊まれるのではないか。さらにいうと大手でありながら東京資本ではなく、現地にお金を落とせるようにしなければならない。条件に適合しそうなホテルが宮城県の南三陸町《みなみさんりくちょう》にあった。ホテル側が決済サイトから手数料を取られないで済むよう、公式サイトの予約フォームに必要情報を入力し確定ボタンを押すと、すぐさま予約確認メールが届いた。

その後もしばらくルートの検討を行い、旅の荷物をまとめたりして、午前五時にアラームを設定し、寝た。

車やバイクのポジションライトやヘッドライトが、まばらに動いている。早朝の空いている片側一車線道路で左折しようとすると、左側を猛スピードで原付が通り過ぎていった。さっきも対向車が堂々と赤信号を無視していたし、この時間帯の公道は無法地帯なのだろうか。

高速道路入口のある幹線道路までくると、車間距離開き気味ではあるが列が生じていて、今日という一日は正規に始まっているのだという気がした。

高速道路に入ってしまうと、余裕が生まれる。僕はスマートフォンのカーナビアプリを一瞥《いちべつ》した。岩手県の高田松原《たかたまつばら》津波復興祈念公園まであと五〇一キロメートル、所要時間六時間一分にして、到着予定時刻午前一一時一二分だ。もっと北上するルートも検討したが、各所での見学の密度が薄くなってしまう気もしたため、自宅から高田松原津波復興祈念公園まで行き、そこから徐々に南下するルートにした。

東北自動車道を北上していると、まだ栃木県であるにもかかわらず降雪に見舞われた。事前に旅先の路面状況は調べ大丈夫だと判断したものの、栃木ICから鹿沼《かぬま》、宇都宮《うつのみや》、矢《や》板《いた》と進んでも見晴らしは悪くなるばかりで、後輪駆動車に乗っている身としては不安になってきた。ラジオによれば、珍しい降雪らしい。チェーンを積んできてもいない僕は、どこかで引き返す羽目になるかもしれなかった。

福島県に入り郡山《こおりやま》を過ぎる頃には、降雪もだいぶやわらぎ、路面の積雪はほぼなくなっていた。太平洋側へ近づいているからだろうか。家を出て三時間が経過し、休憩のため安《あ》達太良《だたら》SAへ入った。トイレへ行った後、あまり人気《ひとけ》のないフードコートでラーメンを食べた。僕はこの旅において、食事や宿泊、燃料補給に関してもなるべく東北の施設を利用し現地に金を落としたいと考えているのだが、あえて下調べをしすぎないで来ているため、行った先に飲食店があるのか、営業しているのか等、わからない。目的地までは、残り三時間弱でたどり着ける予定だ。

駐車場へ戻ると僕は車の正面に立ち、レーダーセンサーが雪で塞《ふさ》がれていないかとフロントフェンダーに二箇所ある指先大の点をチェックした。雪解け水に濡《ぬ》れ日光を照り返すエストリル・ブルーの車体には、この車がまるでスポーツの道具であるかのような気にもさせられる。高速道路本線から聞こえてくる通過音は、平均速度が速く路上の水気もあるためか、重く鋭い。スポーツの道具みたいなこの車が、さっきまで人を殺せるスピードで走っていたことが想像しにくかった。たとえばつい半時間前に、走っているこの車の前にこうして突っ立っていたら、僕は確実に死んでいる。そして再び走りだすと高い静粛性のまま加速し、時間はゆったり流れた。不思議なことに、死の可能性からは遠ざかっているように感じられた。そんなはずはないのに、そう感じてしまう。

仙台《せんだい》を過ぎさらに北上したあたりから、高速道路の無料区間に入った。軽自動車や4WD、トラック等から成る路上の景色を見ながら走っているうちに、ふと気づいた。輸入車を全然目にしていない。東京では景色の一部になっているベンツ、BMW、アウディなんかが、全然走っていない。

北関東の端、那須《なす》あたりまでは、そんなこともなかった気がする。勿論《もちろん》、復興途中である被災地の人々の経済状況が芳しくなく、贅沢《ぜいたく》にまわす余裕などないというのはわかる。そうではなくて、車に金をまわせるほど余裕のある人たちが全然、東日本大震災の被災地方面へは行こうとしていないという事実を、垣間見《かいまみ》ているわけだ。

カーナビ表示上は海沿いの下道を走っているはずだが、海が見えるのは湾にわたされた海抜の高い新しい橋を通っているときだけだったりと、限定された。そのうちひらけた平地に入り、新しい道路を真っ直ぐ進み右折すると、そこが高田松原津波復興祈念公園の駐車場だった。

広く閑散とした屋外駐車場で車から降り、大きな長屋造りのようなコンクリートの建物に入る。食事や土産物を扱うエリアと展示エリアとに分かれていた。展示エリアの出入口前で検温と消毒をしていると、館内放送があった。ついさきほど起こった地震について、津波の心配はないというアナウンスだった。自動ドアの向こうから出てきたスーツ姿の中年男性からも、地震がありましたが心配はいりません、というような説明をしてもらった。運転中の出来事だったのだろうか、僕はその地震に全然気づかなかった。もしくは、ほぼ体感できないほどの微震でも、アナウンスされるような体制ができているのか。

空間の中央に、ひしゃげたピックアップトラックと、流された橋の一部分が置かれており、それらを周回するような順路となっていた。客が数人しかいない中、もうすぐ上映が始まります、という女性係員の呼びかけに導かれ、三分間の映像が流されるコーナーへ入る。スクリーンには、東日本大震災当日の沿岸部の様子や、揺れるテレビ局等の映像が流された。能動的な態度で見ていたからか、テレビやネットで見る映像より深刻さを受け止められてはいたが、拍子抜けする感じも否めなかった。震災当日の生中継や、当日中くらいまでは流されていた録画映像とくらべると、色々な光景が除外されている。

あの日、自宅で仕事をしていた僕は地震の直後、近所に住んでいた親族の家へと自転車で様子を見に行った。東京都区部外で、通りに出てきた大勢の人々は周りが見えていないのか、至る所でぶつかったりしていて、ただ揺れただけでもこうなのだから被災地の混乱具合は尋常じゃないだろうと思った。行った先でしばらく、テレビに映される災害報道を見続けた。やってきた津波が、道路に並んでいた車の列を呑み込みさらに内陸部へと押し寄せる。上空や高所から撮られたそれらの映像は、人の姿が視認できなかったこともあり、ミニチュアのセットでそう演出されているかのような感覚しかわかず、不思議と凄惨《せいさん》さからは遠かった。そしてあのミニチュアじみた不思議な光景は、翌日以降、今に至るまで放送されなくなった。地震が起こり発生した津波が、陸地に押し寄せる。地球にとっては些事《さじ》であっても、人間社会にとっては大きな悲劇になる。引き気味のカメラアングルでのあのミニチュア映像のほうが、そういったことがちゃんと伝わっていた気がする。

スクリーンの映像を見た後、津波でひしゃげた消防隊のピックアップトラックを間近で見た。赤いトヨタのハイラックスで、ドアやピラーまであらゆる箇所が多方向からの圧力でひしゃげたのであろう車体に、既視感があった。そして以前ネット配信で観た、イギリスBBCの自動車番組を思いだす。毎回破茶滅茶《はちゃめちゃ》な企画をやる番組で、タフなハイラックスはどれほどダメージを受けても走れるのか、という検証が行われ、最終的に廃ビルの屋上に置かれ、ビルはダイナマイトで倒壊させられた。残骸《ざんがい》の中にあったハイラックスはひしゃげていたものの、出演者がイグニッションキーをひねるとエンジンがかかり大団円、という内容だった。そこで映されていたものと、消防隊のハイラックスはとても似ている。ただ、同番組のように大がかりで人為的なことはせずとも、消防隊のハイラックスは水の力で同じような潰れ具合を呈しているのであった。津波の破壊力は、どういう原理によるものなのか。他の展示を見てもわからないままだ。

出口の近くでは、震災跡地から見つかった様々な物が展示されていた。曲がった標識やリコーダーなどがある中に、小学生向けの社会科の補助資料があった。汚れた本は、まるで先の戦争の悲劇を物語るかのような荘厳な雰囲気をたたえているが、カラーページのデザインやフォントは、現代のものだ。考えてみれば当然で、製本されたのが二〇一〇年あたりだとすれば、僕が出した何冊かの本よりあとに刊行されたものなのだ。本としては全然古くないものが貴重な標本として展示されている事実に、生々しさを感じた。

「すみません、陸前高田《りくぜんたかた》ユースホステルは、ここから歩いて行けますか？」

僕は受付にいた女性に尋ねた。当初の目当てはユースホステルのほうであり、そのすぐ近くにあるからということで、この施設へは訪れたのであった。

「はい、そこの自動ドアを出ていただいて、左に真っ直ぐ進み、堤防沿いを右に進んでいただければ、ユースホステルがございます。車では行けませんので、歩いていただくことになります」

僕は建物から出ると堤防のほうへ歩く。快晴の昼、海沿いだからか風に強く吹かれる。ゆるい傾斜地に敷かれた階段をある程度上へと進んでから後ろを振り返ると、さっきまでいた巨大な平屋造りの建物が、戦争映画に出てくるヨーロッパの戦地のトーチカのように見えた。周りに広大な草地しかなく、建物が揺れや風の影響を一切受けまいとする低くかまえた造りだからだ。少し目をずらすと、離れたところに直角三角形の特徴的なシルエットをした建物も見えた。そんなものに注意がむけられるほど、開けた視界中の情報量は少ない。

堤防の上に来ると、ようやく海が見えた。美しい湾が広がっている。強い風を受けながら歩き、ユースホステルの前へ着いた。津波で破壊されたままの姿で保存されている低層ユースホステルのそばに、松があった。ここら一帯、防砂のために松が植えられていたものの、津波でどれもなぎ倒された。ただ一本を除いて。ユースホステルを盾にしてなんとか残った一本松も、数年前に枯れてしまい、今は人工的な復元が成された状態だという説明書きがある。

この松も、バス旅のロケ撮影中に車内から見たはずだった。ただ僕は遠くのほうに見えすぐに通り過ぎてしまった松そのものより、湾沿いのなだらかに曲がった道のほうを覚えている。あのときは事前知識もなかったし、震災について学ぼうというモードでもなかったので、ユースホステルのことは知らなかったし、目にも入っていなかった。

トーチカのような建物に戻り、フードコートで牡蠣《かき》ドリアを食べる。牡蠣や帆立といった素材が新鮮だからか、八〇〇円だとは信じられないほどおいしい。東京の店でならランチでも二三〇〇円はすると換算した。青唐辛子味噌といったお土産もいくつか買い、用を足しにトイレへ行く。バリアフリーは当然の使いやすい空間設計で、とても清潔だ。尿や糞《くそ》を出す場所というイメージがわきにくいほどである。

車を出してすぐ、ローカルの会社らしきガソリンスタンドで満タン給油したあと、二二キロ南の次の目的地へ向かう。小さな半島に入り、勾配《こうばい》を上下し小さなカーブを曲がったりしているうちに半時間ほどの運転で、唐桑《からくわ》半島ビジターセンターへ着いた。

津波を疑似体験する大がかりな装置があるとのことで、社会科見学の心持ちで施設に入る。受付で、三〇歳前後と四〇代とおぼしき女性が立ち話をしていた。

「すみません、入場料はこちらで払えばいいですか？」

「センターの入場料は無料です」

「津波体験の場所はどちらですか？」

「津波体験館はあちらとなりまして、三八〇円です。ＪＡＦの会員様でしたら割引がありますが」

「ないです」

「準備してきますね」

年上のほうの女性とやりとりをしていると、茶系の髪色の後輩のほうが、通路の向こう側へ準備しに行った。スイッチを押す音と、複数のなにかが起動する音が聞こえる。支払いを済ませ通路の先にあった建物に入ると、野球場にあるのと同じようなシートがあり、まわりをカーテンで囲まれ、前方にスクリーンがあった。点《つ》けられたばかりの白い照明の下、最前列に座る。それでは始まります、と告げた女性が外に出てドアが閉まると、暗くなった空間で上映が始まった。東日本大震災の映像や、昭和三五年のチリ地震、さらにはもっと前の津波など、昔から度々被災してきた土地の歴史が、シリアスさや悲壮さを演出する八〇年代風のシンセサイザーサウンドとともに、流された。

海の近くに住む人々は、地域一帯で避難経路を確認しあったりと、数十年に一度の災害に、常に備えてきたということがわかった。なぜ人はそこまでして、危険だとわかっている土地に住み続けるのか。漁業や美しい風景、今みたいに簡単には引っ越せない住宅事情等、理性的に考えれば納得できることではあるのだが。心底納得できているかと問われれば、納得、というか理解できていない。

終盤にさしかかったようで、荒れ狂う暗い波の映像とともに、席が横に小さくゆっくり揺れ、左右の壁に引かれていたカーテンが後方へ開かれていき、スクリーンの表示領域がコの字形に広がった。前方からの送風もある。これが津波疑似体験なのか。八〇年代シンセサイザーサウンドが流された状態で、激しい波という代わり映えのない画を見続けていると、タルコフスキーの『惑星ソラリス』の川面《かわも》に漂う水草のシーンや、ジョン・カーペンター諸作品でも見ているかのような心地になった。

プログラムが終わり白い明かりがぱっと点いてから、僕は本館へ戻る。それにしても、シンセサイザーのBGMがやたらと切り替わる映像は、感覚の古い映像制作会社にでも任せたのだろうか。それに疑似体験に関し、地震はともかく津波の体験として、小さい横揺れの演出はさして実態を模していないだろう。霧の噴射まである4D上映の映画館とくらべても、臨場感ある体験としては劣っていた。気になったので、体験館から戻ったばかりのさっきの女性に尋ねてみた。

「すみません、あの疑似体験の装置は、揺れや風なんかに関し、正確になにかを再現していたりするんでしょうか？」

するとわからないようで、傍らにいた四〇代女性が代わった。

「あの風や揺れは、正確になにかを再現している、とかではないんです。いわゆる演出、というものですかね」

「あ、そうなんですね」

「はい。体験館自体、もう四〇年くらい前の古いものでして、地域の子供たちに逃げ方を教える方法としては、役割を果たしてきたいい施設だったんですね」

「……ということは、東日本大震災が起こったから建てられたものではなくて、それより前に建てられていたってことなんですか？」

「はい。映像は一部リニューアルしたんですが、施設自体は昔のものです」

映像に対してのいささか冷笑するような感覚が、一瞬にして消えた。四〇年ほども前に作られたのだから、編集が古くさいのも当然だ。災害への学習や演習が活かされてしまうような場所に、学ばされてもなお、人々は住み続けてきた。

呆然《ぼうぜん》とした心境でその後も、写真や、江戸時代あたりから伝えられているらしい津波に関する無数の教訓話なんかへ目を通し、ビジターセンターをあとにした。


鳥が、窓にぶつかりそうなほど近くまで近づいてきて、急上昇し去ってゆく。そんな様子が何度か繰り返された後、一羽の鳥が欄干にとまった。

南三陸町にあるホテルの和室にあがっていた僕は籐《とう》の椅子から立ち上がり、窓に近寄った。鳥は逃げない。眼下すぐには海が広がっていた。湿った岩場で、大きい鳥が二羽と小さい鳥が一羽、休んでいる。高めの鳴き声はたえずどこかから聞こえていた。

太陽が沈むのは反対の日本海側であるものの、日没前にと階下の大浴場へ行く。露天風呂を満喫してから部屋へ戻ると、鳥たちの鳴き声はやんでいた。太陽が水平線近くにあるときだけ、鳥たちは鳴くのだろうか。

七時の夕飯まで、あと一時間半ほどある。仕事道具を持ってきてはいたが和室のためデスクとOAチェアもなく、どうにも頭をつかうモードになれない。日頃その習慣はないが、テレビをつけた。全身タイツの男たちが四肢を振り、先を競い合っている。冬季北京オリンピックの、スピードスケートだ。前半では遅れ気味だったイギリスの選手が後半で巻き返し、解説の人も、イギリスのその選手はいつも後半が強い、と話していた。他人がやるスポーツに興味はない僕でも、スピード勝負自体はわりと好きなので、目がいった。

仙台牛や鮑《あわび》といった地産の素材が用いられる料理をたいらげた後も、布団の敷かれた部屋でテレビをつけ、オリンピックをやっている局をしばらくザッピングした。録画のハイライト映像なのか生中継なのかまぎらわしい中、やがて生放送でやっている男子カーリングを見始めた。アメリカ対カナダによる三位決定戦で、タトゥーを入れていたりするアメリカ人選手たちの、スポーツ選手っぽくない雰囲気にひかれ見始めたわけだが、丸い石を約四〇メートル先の円の中心近くに置くことを競い合うゲームは、ルールの概要がわかると、それなりに楽しめた。肉体と頭脳と運の要素がからみあっていることが、スピードの速い競技よりもよくわかる。そしてさっきまで、日本人女子選手たちが活躍していたハイライト映像を見ていたせいか、生中継だと、カーリングはとんでもなく時間がかかる競技なのだということも初めて知ることができた。

他にすることがなく、テレビでやっていると、つい目がいってしまうほどの面白さではある。だからといって、トイレや歯磨きに行くことを躊躇《ちゅうちょ》するほど、僕は見入ってもいない。寝る準備ができてしまってもなお、対戦は続いていた。ふと、今月に入ってからというもの、オリンピックに対しやたらと嫌悪感を抱いていた自分の姿が、他人事《ひとごと》のように感じられた。

北京オリンピックのカーリングをこうして見ている今も、東京オリンピックは開かれるべきでなかったと思う。北京オリンピックと東京オリンピックが異なることも知っている。自分の主義や考えのために、なにかに対する認識の仕方を歪めようとするのは、誤った判断だろう。スポーツ選手たちの姿には惹《ひ》きつけられる魅力もあるが、東京オリンピックは開かれるべきではなかった。相反するような二つの考えが一人の人間の中にあっても良い。東京オリンピックを否定したいがあまり、選手たちのことも意図的に悪く捉えることのほうが、よほど不自然だ。東京オリンピックのための準備と開催が行われるべきでない状況下でそれらを強行した人たちのように、自分にとって不都合なことは歪めてしまおうという態度とは、距離をおきたい。

ビュッフェ形式での朝食後、正面玄関前にとめられていたマイクロバスに乗りこんだ。バスで一時間ほど震災の跡地をまわるオプションに、宿泊予約の段階で申し込んでいた。他に三人組の中高年グループと四〇歳前後の男性一人が乗ってくると、出発した。バスの運転手の他に、運転手と同じ制服を着た七〇代後半くらいの〝語り部〟男性がおり、客たちに向けて話をしてくれる。男性はホテルの従業員で、自身が育った実家はこの場からすぐ近くとのことだ。まだ子供だった昭和三五年、チリで発生した地震の影響で、このあたりはなんの兆候もなくいきなり津波に襲われ、子供ながらにもう駄目だと諦《あきら》めかけたところ、なんとか高所への逃げ道を見つけ、そっちへ走り助かったという。

「昔から、私たちは教わってきました。地震があったときは、とにかくてんでばらばらに逃げろ、と」

バスはまもなく、コンクリートで分厚く固められた河口近くの路肩で停まった。空き地の海側に、大きな盛り土がある。語り部男性による説明では、この空き地は小学校の跡地だった。もっと高所へ移転させるべきかどうかは、ずっと前から検討され続けていた。

「最終的には校長先生の判断で移転が決まりました。ただ、移転するより先に、このまえの地震がきてしまいました」

その日、小学校一年生から四年生までと老人は、高所の神社の建物で夜を明かし、五年生以上の子供たちは一般人として扱われ、大人たちと共に屋外の避難場所で過ごすよう分類されたという。

バスが再び走りだし、小学校跡地より少しだけ高台に位置する学校校舎の敷地で停まった。建物は残っているが、ここにあった中学校は数年前に廃校となったらしい。

「下のほうから、この校庭にまでたくさんの住民が避難してきました。そして写真でも撮ろうと思ったんでしょうか、そのまま上のほうへは逃げず、海側に近づいて見物しだした人たちもいたんですね。まさか背後の山から津波が来ることはないだろうし、津波が見えたらそのときに山のほうへ逃げればいいと思ったんでしょうね。ところが、裏をかかれたんですね。津波が山の低いところへまわっていたため、山側からやってきた津波と海からやってきた津波の挟みうちにあってしまい、その人たちは助かりませんでした」

車窓からカメラで写真を撮っていた僕は、その人たちが立っていたという目と鼻の先の場所を見る。今この瞬間に地震が起き、津波が起きたら、その人たちと同じようにならないという保証はない。このバスの高さよりも高い、校舎二階のテラスにまで、波の力で車が流されてきたという。

「生徒たちも、走って山のほうへ逃げました。ただ一人、少年が転んで動かなくなってしまいました。その子を助けようとした熱血漢の先生が、校舎から校庭に下りて助けに行ったら、二人とも流されてしまい、助かりませんでした」

やがてバスは、次の場所へ向かう。

「皆、油断していたところもあるんですね。といいますのも、昭和三五年のチリ地震の津波が、それまでに経験した最も大きな津波でしたので、ここまではこないだろう、という基準が皆の中にありました。しかしこのまえの地震は、それをはるかに上まわっていました。皆さんにもお伝えしておきたい、大切な教訓がございます。行政が定めた、避難所に指定された場所だからといって、そこに行けば安全だと決めては駄目です。行政の定めた避難所で助からなかった人々がたくさん出ています。ですから地震のときは、とにかく自分の判断で逃げなくては助かりません」

バスはそれまでより交通量の多い道の端に停車し、語り部の男性が少し離れた場所を指さした。川近くの平地の真ん中に、朱色をした鉄骨だけの直方体の建物がある。チリ地震の津波を教訓としての浸水対策も練られつつ、八〇〇〇万円で作られた防災対策庁舎とのことだ。それが、このまえの地震で津波にやられた。語り部の男性はそこで、拡大プリントされた一枚のカラー写真を僕らに見せた。まだ足場のある建物の屋上で、老人たちや、その場を制しようとする作業着姿の職員たちが写っている。監視カメラに録画されていた映像からのキャプチャー写真らしかった。

「四十数名の人たちが、屋上に逃げていました。お年寄りたちを守ろうとしている若い職員の方々の姿が写っています。この写真に写っている人たちは全員、助かりませんでした」

一瞬、僕にはそれが嘘のように聞こえた。たった一一年前のことでありカメラの画質も良いためだろう、困難な状況下でもその場をなんとかしようとしている職員数名の姿からは、生気や頼もしさまで伝わってくる。それが、写っている人たち一人残らず「助からなかった」と言われても、現実感がわかない。

同施設の職員たちは住民避難のため、危険な場所にふみとどまったのだという。高台に逃げるよう放送で呼びかけていた女性職員がいて、その人の勇敢な行為はわりと世に広まっているらしいが、それにまつわるあまり知られていない事実もあるのだと語り部男性は言う。当時施設には男性上司もおり、放送していた女性職員を先に上に行かせ、交代した。そして男性上司による放送はしばらく続けられ、やがて途切れた。最終的に、鉄塔にのぼっていた二人と階段の手すりにつかまり続けられた八人の計一〇人だけが、助かった。女性職員の話すら、僕は今まで知らないできた。

バスがホテルへの帰路につく。語り部の男性は「このまえの地震」が起こる以前に、防災のなにがしかの組織の話し合いにおいて、最悪の事態に備えた提言をしたらしかった。ただ、組織の三つ上の先輩から、「震災がこなかったらどうするんだ」と恫喝《どうかつ》されてしまった。皮肉めいた昔話という感じで男性の口からは語られた。震災がきたら勝ち、の賭《か》けに勝ちたい者などいない。当の勝負をふっかけてきた先輩も、災害にやられてきた地域の歴史を知っている、そこに住む人なのだ。そのような人であっても、災害に過度に備える必要はないという態度をとってしまっていた。

「いったん安全な場所に逃げたのに、若い女性が、お父さんの着替えを家に取りに行こうと出かけて助からなかったり、老人を助けようとして巻き込まれたりだとか、そういう悲しい話はここだけでもごろごろあります。とにかくてんでばらばらに逃げなければならないという教訓は昔からありました。若い家族は比較的助かった人も多いですが、若い家族であっても、家にお年寄りがいた家なんかが、助かりませんでした。助かる人も、逃げ遅れた人を助けようとすると、結果的に誰も助からなくなってしまうんですね」

七〇代後半くらいの語り部男性は、断言はしないまでも、ある強いニュアンスを僕らに伝えようとしていた。老人たち等、助けられない者を無理に助けようとして全滅するくらいなら、「てんでばらばらに」、自分だけでも生き残るつもりで逃げろということだ。大事なのは助け合いや自己犠牲より、自分一人だけでも生き残るつもりで各々《おのおの》が動くことで、結果的に、一人でも多く生き残ることなのだ。道連れで死ぬことだけは避けろ。津波を二度経験し、既に老境にいる男性の口から語られると、説得力があった。

「皆さんがお泊まりのホテルは創業者が建築に詳しく、硬い岩盤の上に作ったホテルですが、このまえの地震でも大丈夫でした。下の大浴場には入られましたか？　あそこも一時は津波で海に沈んだんですが、ガラス一枚割れず、崩れませんでした。そしてその後は、被災者に宿泊場所として提供することができました」

やがてバスはホテルの正面玄関前に着いた。語り部の男性に対し、僕はバスから降りる際に「貴重なお話をありがとうございました」と礼を述べ、フロントでチェックアウトの手続きをとった。

時間に追われているわけでもないので、海が見下ろせる景観のラウンジで、コーヒーを注文した。バブル期に建てられた建物特有の、大理石をふんだんに用いた内装で、贅沢な空間の使い方がなされている。窓近くのラウンジチェアに座った僕は、MacBookProを開いた。

聞いたばかりの話や、昨日見た展示物の感想等をメモしながら、僕は段々落ち着かない気持ちになってきた。

震災にまつわる、そこらにある無数の体験談。それらはどれも貴重で、中には不謹慎にも、アクション映画のような躍動感をおぼえてしまうものもあるからだ。そしてそんな求心力のある話を、僕は震災から一一年経ちこの地に来るまで、全然知らなかった。無数にある話のぜんぶを追うことはできないし、きっかけがなければ、多くの人々はそれら躍動感をも有していたりする悲劇の話に、触《ふ》れようとはしない。

近頃僕が感じていたうっすらとした憤りの根源は、ここにあったのかもしれない。亡くなった元都知事を今になって急に責めだした人たちの姿が、開催されてからようやく東京オリンピックを批判しだした僕自身の姿と重なっていることを、自覚してはいた。なぜ東京オリンピックが嫌いなのかといえば、東北の被災地の復興が終わっていないのに金と労力を東京に注いでいるからだと捉えてきたが、さらに奥にあった理由に気づけたように思う。

触れられるべき、人の心をつかんでしまう話や光景が無数にあるのに、多くの人々には届いていない。そのことに、自分は歯がゆさを感じているのだろう。昨日いくつかめくった、被災した人たちへのインタビューの記録は、どれも思わず文字を追い続けてしまう凄《すご》みや、興味をかきたてられる力があった。

無数の体験談や聞かれるべき話に誘導するようななにかを、書くしかないのではないか。発信手段をもつ自分は、それをしようと思えば、とっくにできた。ただ現実的には、己の利益のために言うべきことを言わず東京オリンピックを開催させ、なにもしないで過ごしてきた。

南麻布にある、低層商業ビルの一階に入っている寿司屋のカウンターで、僕と同年輩のアプリ会社社長がつぶやいた。

「ウクライナも大変なことになってるよね」

その言葉は場で妙に響いた。貸し切りの店内に六人が集まり、一時間ほど経ってからのことである。なんとかしてあげたいけど、というようなことを各々が口にする中で、映像作家をやっている二〇代後半の女性が訊いた。

「皆さん、ウクライナに義勇兵として助けに行きます?」

カウンター席で彼女の隣にいた僕は、「行かないですね、心配だけど」と答えた。僕とアプリ会社社長と、ＩＴ企業役員の二人という四人の男性だけでなく、「私も無理ー」と僕より年下の経済学者の女性も後に続いた。

ウクライナにおいてプーチン政権下のロシア軍による侵攻が始まり数日が経過し、ウクライナの大統領は他国の人々に対し、義勇兵としてウクライナに協力してほしいという声明を発表した。

「正直、義勇兵になる選択肢が用意されたことに、厄介さも感じました。悪の侵略軍を非難するなら戦ってくれてもいいよね、と問われてしまったも同然なわけで。当然、行きたくないんですよ、自分は。真っ先に、義勇兵といっても元自衛官とかを求めていて、おまけに日本政府が行かせたがっていないという情報も得て、行かない理由ができてホッとしました。だから、そのことをつきつけられて軽蔑《けいべつ》されている気が、自分の中で勝手にするんですよ」

僕が述べると、皆、ニュアンスを汲《く》み取ってくれたようだった。

「昨日、友達とロシア料理屋さんへ食べには行きましたよ」

経済学者の女性が述べると、ＩＴ企業役員のうちの一人が「それロシア寄りじゃん」と笑いながら言った。

「でも、店ではロシア人だけじゃなくて、ウクライナ人も働いてるんですよ。オーナーは東京の法人みたいですけど。地図を広げて国際情勢について話してるお客さんたちもいて」

「その店って、ひょっとして……」

訊いてみると、僕も一昨日《おととい》行った店だった。

「考えることは皆同じになるんですね」

映像作家の女性が言い、そのとおりだなと笑いつつ、僕は耳に残った言葉を気にする。

皆同じですね、ではなく、同じになるんですね、と映像作家は言った。たった数文字の違いだが、ニュース等なにがしかの外的影響を受けたら人々の行動は同じになる、というような、人間が抱える根本的な主体性のなさが言い表されている。

「募金の口座は開かれましたよね、ウクライナ大使館で」

「マジで？　帰ったらさっさと募金しよ」

経済学者が言うと、彼女と旧知の仲らしいアプリ会社社長がそう返しながらスマートフォンで寄付情報の載ったサイトのURLをブックマーク登録した。僕も既に、募金だけはした。納税額よりはるかに低い額の寄付をしてみて、していなかったときよりマシだが、額は当然のこと、まだなにか足りない気が続いている。悪や欺瞞《ぎまん》と戦うためには、発信速度の速いSNSやエッセイで、直接的な政治的発言をするべきなのか？　あるいは義勇兵として身を投じない限り、真の協力者になることはかなわないのだろうか？　宮沢賢治《みやざわけんじ》は作家として活動しながらも、学校で教師として農業の大切さを説いた。教えるだけでは足らず、ほんとうの百姓になるんだ、と言い、教師を辞め農業に身を投じ、やがて身体を壊した。

文章を書いたり、人になにかを教えたりと、言語を操るのが得意な人間が晩年、肉体を酷使する労働で、世間に関与したのだ。ペンは剣より強くあるべしだが、誰かを助けたい状況で、ペンと剣を両方持ってはいけないという強い理屈を、すぐには見つけられない。

じゃあ義勇兵としてNATO提供の武器を手に取り、ウクライナでロシア軍相手に戦え、と命令されても結局、そんな行動は絶対にとらないのだが――。

前提としてそもそも、かつてブッシュが大量破壊兵器があると言いがかりをつけイラクへ侵攻した際、高校生だったとはいえ当時の自分はイラクに募金などしなかった。断罪されないままのアメリカに対し今や、ロシアを止める正義の役割を願ってしまっている始末だ。自分はマスコミに容易に動かされているのかもしれないという内なる問いを、否定できない。プーチン政権に罪があること自体は、間違いないのであろうが――。

「お愛想お願いします……全員別会計で」

会の始まりから三時間ほど経った頃、今日の発起人であり店の常連でもあるアプリ会社社長がカウンターの中にいる店長へ言った。ほどなくして出てきた二人の店員が、金額を記した伝票を各々へ渡す。僕の伝票には五万一五〇〇円と記されてあった。家を出る前までは別会計や割り勘だと思っていたものの、さっき周りで億単位の取引の話などが交わされていたためそんなに稼いでいる社長であれば同年輩といえども奢《おご》ってくれるのかなと思い始めていたが、違った。

カードで自分のぶんだけ払い上着を着たとき、奢りも奢られもしないことに、かなりの心地よさを感じていた。もう久しく、奢るか奢られるかでの食事しかしてこなかったことに気づいた。今の自分が出せるそこそこ値の張る店で自分のぶんだけ払う、という経験をしたことは、ほとんどないかもしれない。

こんなにも心地よいのは、対等だからだ。相手に見返りを求められもしないし、こちらが相手に見返りを求めもしない。ただ一緒の空間で楽しく食事ができてそこになんの貸し借りもない。この心地よさをまた味わいたいと思いながら、タクシーや自転車に乗った各々を見送り、僕は電車に乗った。

尿意をもよおしていたため、乗り換えの渋谷駅でトイレに入った。金曜の夜、誰かがなにかをこぼした跡があちこちにあり、それらを避けたりうっかり踏んでしまったりしながら手まで洗い、外に出る。日本のトイレは世界一綺麗と言われているらしいが、そんなことあるかと思う。ただ海外の数カ国に行った際の記憶からすると、これでも綺麗なほうなのかもしれない。

頭の中では、糞や尿のイメージとは結びつきがたいほど清潔なトイレが浮かんだ。高田松原津波復興祈念公園のトイレだ。他にも何カ所か入った東北被災地のトイレも、作りたてで利用する人々が少ないから、綺麗すぎた。

僕が今しがた出てきたばかりである東京のトイレは汚い。それは、恵まれたことなのかもしれなかった。関東大震災や東京大空襲でどこが駄目になり、どこが平気だったのか、詳しくは知らない。東京中の古いトイレも、数十年前の時点では新しく綺麗だったはずだ。半世紀以上、東京のトイレは大災害や爆撃とは無縁のまま、人々に使われ古く汚くなるほど、歴史を刻むことができている。今のところは。


翌週の日曜夜、執筆の集中力が途切れコーヒー休憩がてらスマートフォンを開くと、寿司屋へ訪れた面々で作ったSNSグループ上で、展示中の美術展に関する感想が記されていた。食事の席でその話題となり、来週末までに見て感想を述べ合う、という約束をしたのであった。僕も感想を書いたり、他の人のコメントに返したりする。

それにしても未だに、東京都内での一晩の食事に使った五万一五〇〇円に関し、感じることがある。車に乗り一泊二日で行った東北旅行での、現地で使ったちょっといいプランでの宿泊費や他施設での食事代の総額のほうが、少し安いのだ。一度だけ寄ったスタンドでの燃料費と高速道路料金も加味してようやく、旅費のほうが寿司屋で使った金額を上まわる。

東北は悲惨な震災に遭い、復興もままならない中で東京オリンピックに国力を注がれてしまい、感染症騒ぎで観光業も閑古鳥《かんこどり》が鳴き、ロシアに対する国際的な経済制裁はエネルギーをロシアに頼っていた西側諸国や日本にも痛手を負わせる。東北はもう一〇年以上、何重にも苦しみを背負わされ続けていることになる。

〈意外とみんなちゃんと足運んでたことに驚き。真面目。〉

SNSグループ上で、経済学者が書き込んだ。しばらく間をおいてからグループの書き込みを見ると、次は何して遊ぶか、という話題に移行していた。

僕は、〈先日行って来た東北旅行がとても良かったです！〉と投稿してから、食や景色の魅力的なところを補足として投稿していった。泊まりで行ったら二日は要するが、各界で活躍する忙しい人たちであっても、芸能関係の人たちとは違い、経営者や役員といった人々は土日は私的な時間の過ごし方ができているのだとも、先日知れた。

東北の被災地を旅しての充足感は、東京の寿司屋でのそれに負けていない。それでもなかなか足を運ばない理由は、面倒くささなのだ。三〜四時間で終わりタクシーや電車で帰れる東京での食事と違い、遠くで遊べば丸二日間はかかる。忙しい人にとって時間は貴重だ。かといって、その二日間を惜しみ東京にいたとしても、実のところは惰眠をむさぼったり動画でも見たりと、無為な時間の過ごし方をしていたりする。執筆に集中できずにいた僕の今日の日中が、まさにそうだった。

遠いようにも感じられる違う場所に目を向け、行ってみれば、いつもとは異なった風景が見える。好奇心の目をそこではない他のところへ向けさせるのが、小説家の役割の一部なのではないか。目や耳がいってしまう話が、そこにはあるんですよ、と。

僕の投稿はすぐに二人既読となり、〈行っちゃいましょー〉、〈来月なら行けます!〉という返信がそれぞれきた。

そこに生きている

目覚まし時計に頼らず、わたしは自然と目を覚ました。太く背の高い木々とベンチがあるような広場で、まだ少女だったわたしが何人かと遊んでいるという夢の残像が、次第にひいてゆく。２ＬＤＫ北側の寝室を出て中廊下の途中にあるトイレで用を済ませたあと、南側の居間のカーテンをすべて開ける。南向きの大きなＦＩＸ窓とベランダに面した掃き出し窓、東側に二枚ある小窓のすべてから、公園の木々の緑色が見える。無数の葉に濾過《ろか》されたかのような澄んだ光で覚醒し、そのまま朝の一仕事につなげるのが、この賃貸専用低層マンションへ二年前に引っ越してきたわたしの習慣になっていた。

集成材の四人用ダイニングテーブルには、ノートパソコンや書類等の仕事道具を、出しっぱなしにしてある。一人で暮らしているため、それで平気だった。妹夫婦が三歳の姪《めい》を連れてきた先週末、久しぶりにテーブルの上を綺麗にした。かといって、いつもの出しっぱなしの状態が乱雑というわけでもない。わたしは綺麗好きなほうだ。居間のダイニングテーブルで食事も仕事も済ませたがるのは、日中、外の緑を目で愛《め》でていたいからだ。

小窓を背に、アルミフレームに黒革座面のイームズ・アルミナムチェアに座り小一時間ほど仕事をしたあと、キッチンで簡素な朝食をこさえる。ダイニングテーブルの、仕事道具を広げているスペースの対面に椀や皿を置き、東側の小窓を向くようにして卵焼きや味噌汁の朝食を食べた。

ふと南側の大きなFIX窓を向くと、木々の枝や葉の向こうに白色の桜と、それを目当てに集まってきた人々の姿が小さく見える。この時期は、平日でも人が多い。

再び仕事に取り組みしばらくすると、昨夜設定していたアラームが鳴った。午後〇時三〇分。着替え、顔に軽く化粧を施し終えてもオンライン会議の開始時刻まで一〇分弱あったため、紅茶を淹《い》れた。

薄めのハイバックがわたしの肩甲骨のすぐ下あたりまでサポートしてくれる、キャスター脚のアルミナムチェアは、デザイン性が高い名作であるため、味気なさや無用な緊張感を発さず、居間にも馴染んでいる。大学の卒業間近に買ったハーマンミラー社製の正規品を、二〇年近く使い続けていた。座っている時間が長い仕事柄、腰痛に悩まされるときがあり、もっと腰に良さそうなOAチェアを買い足すことも度々《たびたび》検討するが、座り心地とデザイン性の両立でいうとこれより優れているものはなかなかない。腰よりも首と肩の凝りのほうが症状としては重く、それと比べれば腰のことは我慢できた。

近所の小物屋で買った薄いガラスのティーカップに注いだ紅茶を半分飲んだところで、

ノートパソコンのカメラとマイクを通しての会議は始まった。

——桜はどうですか？　今なんか満開で、よく見えるんじゃないですか。

五人中、一人がまだ参加できておらず本題にも入れない世間話の間《あいだ》、一人の女性からわたしは訊《き》かれた。引っ越してきた翌年である去年の春、女三人で公園の桜を見たあと、この家でホームパーティーをした。彼女はそのときに来た一人だ。オンライン会議に参加している他の人たちに教えるように、彼女はわたしが住んでいるマンションの立地や景観について話す。

「家からだと遠くに桜と、お花見に来た人たちが見えますね。それでお花見した気になっちゃって、公園には移動がてらまだ二回くらいしか見に行っていません。……親いわく、わたしが子供の頃に家族で来たことも何回かあるみたいですし、学生時代にも花見で訪れたことだってあるんですけど。住んじゃうと、わざわざ時間をとってじっくり見たりしないものですね」

やがて最後の五人目である年長の男性がオンラインに加わり、話題であった桜から植物つながりで連想したのか、明治神宮外苑の数百本の樹木が静かに伐採されようとしているニュースについてふれた。家にテレビのないわたしでも、アプリかブラウザかなにかに表示されたヘッドラインを一度クリックして、概要をなんとなく知っている。都が承認し民間のゼネコンが進めている再開発のため、ほとんどの都民にも気づかれぬ間に、樹齢何十年もの木が多数、切られようとしていた。時を同じくして、葛西臨海公園《かさいりんかいこうえん》の木々も、都の主導により切られようとしていた。数年前に、東京オリンピックのパブリックビューイングのために、代々木公園の高樹齢の木々が何本も切られたばかりなのにと、一人が指摘した。

本題に入り、今日話し合うべき具体的なことをあらかた話し終えると、なかば雑談色の濃い時間になる。業界全体の売り上げ減少傾向への愚痴めいた話にもなり、様々な施策を経ても結局、日本の人口が減っているから仕方がないという、誰もが気づいていながらも口にはしていなかったことを一人が言った。そうですよね、などと皆も同意し、やがてお開きとなった。

会議で話し合ったこともふまえてまた自宅で一人仕事を進めていると、そのうちに小腹が減ってきた。午後二時半過ぎで、がっつり昼食を食べるほどの空腹でもなく、気分転換も兼ねおやつを買いに出かけることにする。

家を出ると、駅方面へ行くには遠回りになるものの公園に入り、桜や人々を眺めながら、入ってきたのとは別の、駅に近い公園出入口から外に出る。そこからまた少し歩き、雑貨も販売し雑穀米を主食にした健康的な食事メニューもある喫茶店へ入ったわたしは、キャロットケーキとレモンクッキーを買い、駅前のスーパーにも寄りいくつかの食材を仕入れ帰宅した。

キャロットケーキにあわせた紅茶を淹れ、ダイニングテーブルから窓越しに公園の木々を眺め、一息つく。オンラインでのやりとりが増える以前から、ほぼ在宅でやる仕事であった。そのため職場や対人関係のストレスに悩まされることはあまりないが、一人で淡々とやっていることに不自然さを感じ、うっすらとした澱《よど》みのようなものが堆積《たいせき》してゆく感覚はずっとある。

このマンションは、それをときほぐしてくれる良い住環境だった。引っ越したくなった時期にたまたま新築で建ち、入居者募集が始まろうとしていた三階建てマンションの二階角部屋に、抽選の末住むことができた。二年の間に、桜、新緑、紅葉、葉が落ちほとんど枝だらけになる抜けの良い景色など、季節の移り変わりをわたしは楽しませてもらっていた。

住んでみてわかったことだが、ここまで自然を眺めるのが好きだとは、自分でも気づかなかった。ほとんど在宅でできる仕事なのだし、こんなに自然が好きならいっそ田舎にでも移住すればいいのではと考え、去年の夏に山梨と青森、冬に鹿児島の民泊やログハウスへ連泊してみた。わかったのは、いくら自然の雰囲気は良くても、田舎はそれなりに不便だということだった。仕事とプライベートで月に数度は人と会う予定が発生するため、結局のところ、都会の中の自然に近い場所に住むほかなかった。そしてそういう場所は、地代が高い。

この前に賃貸で住んでいた高層マンションの上階も、それなりに良かった。カーテンを開け放ったままで夜にも景色が楽しめたし、一年を通し室温も安定していた。公園に隣接したこのマンションは高級路線とはいえ賃貸専用だからコストカットの影響で安普請《やすぶしん》というのもあるだろうが、公園に日中の熱がたまらないためもあってか、冬は寒い。そして夜は真っ暗になり、閉塞感がある。だからこそ、自然がおりなす光や音のゆらぎを日中に求め、夜更かしもせず早めに寝るようになった。


桜の満開日から一週間ほど経っても、激しい降雨がなかったこともあってか、部屋から木々の間に、三角形が二つ並んでいるかのように切り取られた隙間から見える桜は、依然としてほぼ満開に見えた。鼻と目にむずがゆさを感じる晴れたその日も、わたしは朝から仕事をしていた。

原動機の音が遠くで鳴っていることは、いつの時点でか意識した。公園管理や近隣住宅の修繕工事のためチェーンソーかなにか工具の音がどこかから聞こえるのには慣れていた。

集中力が途切れ肩と首も少し固くなってきた午後一時前、ダイニングテーブルから立ち上がったわたしは、南向きの大きなＦＩＸ窓の前に置いたソファーに寝転がろうとして、ハッとした。

窓から数メートル向こうに並ぶ木々を縫うようにし宙空《ちゅうくう》に籠《かご》が浮かんでいて、それに乗ったヘルメットに作業着姿の中年男性が、チェーンソーで枝を切っていた。朝から聞こえていた原動機の音は、この剪定《せんてい》作業だった。なにか恥ずかしい姿でも覗かれてしまったのではないかと思ったわたしは、相手への気遣いの意もあり、互いの視線が合わないよう、南向きの二つの窓のレースのカーテンを閉めた。

仕事を再開し、チェーンソーの音が少し遠ざかった頃、目や肩を休めるため、わたしはレースのカーテンを開けた。

なにかがおかしかった。

桜が大きくなっている。それだけ、幹や枝の間から向こう側に見える視界が、開けていた。細かな剪定作業をしたからというだけでは説明がつかないほど、さっきまで三角形二つが並んでいたような隙間が、一つの大きな正三角形のような形になっており、向こう側がかなり見通せてしまっている。

一目見てわたしがそれに気づくのに、実際には一秒もかかっていなかったかもしれない。枝と呼ぶには太すぎる、分岐した幹の一部が、切り落とされていた。樹表面の暗さと対照的な白い切り口が光を反射し、自然界にあり得ないその直線的な切り口は、目立つ。

わたしは衝動的にサンダルをつっかけ、マンションの外に出ると公園へまわりこんだ。

ところが、マンションから近いその一帯を取り囲むようにロープの柵が張られていて、重機も何台か入っていた。公園利用者に怪我人が出ないようにという配慮か、人の流れだけを注視している若めの男性もいた。剪定の業者ではなく、役所から来た別の所属の人のように見受けられる。柵の外側でただ一人立ち止まっているわたしは、その人からの注意をひいているようだった。

柵に行く手を阻まれながらも、わたしはマンションの自分の部屋の前に行けるところまで近づいた。低層マンションの下部には半地下の駐輪場とつながっている見かけのコンクリート擁壁もあるため、公園の地表からだと二階の部屋は実質的に三階の高さで、カーテンが開け放たれてあってもほとんど天井しか見通せない。

籠に人を乗せた高所作業車は西から東へと少しずつ移動しており、わたしが見ている前で立ち入り禁止区域が数メートルぶんだけ東へ移動した。わたしはさらに自分の部屋の前に近づくと、なんという種類だかもわからない何本かの常緑樹の中から、太い枝が切られてしまったものを見つける。それが、二年間にわたり朝やティータイム、その他の時間も、わたしを癒やしてくれた大切な木の今の姿であった。

切り落とされた太い枝がどうなったのかと、落ち葉だらけの地面を見渡す。太い枝や細い枝や葉などがまとめられた固まりが、数メートルおきにできていた。籠に乗った作業員や重機の運転者たちとは別に、ヘルメットをかぶったラフな格好の男女が、地面に転がっている枝を、チェーンソーで細かく切っている。

三メートルほどの長さの、観葉植物店で売られていてもおかしくないような見栄えのよい枝を女性作業員が手に取ったとき、切らないで、わたしが持ち帰ります、と言いかけたものの、声が出なかった。白いトレーナーにジーンズを着た二〇代後半くらいの茶髪の女性作業員は、手慣れた様子で枝を細かくチェーンソーで切っており、職務に対する純粋性のようなものにわたしは気圧《けお》されてしまった。

一度家に戻り、一時間ほど経ってから再び公園に戻ったわたしは、作業員たちが去った跡地で、部屋の前の木から切り落とされた太い枝と、そこからさらに分岐していたであろう一メートルくらいの枝葉を、見当づけた。そして一メートル超あるような大きさの枝葉を何本か持ち帰ると、挿し木《さき》で復活させるべく、土やプランターを求め駅のほうへ買い物に行った。

駅ビルの一〇〇円ショップで、白いプラスチックの鉢三つと挿し木用の土数袋、植物の姿勢を安定させる棒とワイヤーのセットを買ったわたしは、帰宅しキッチンのシンクで早速作業を始めた。すぐに、奇妙なことをしているなとも感じた。目の前の公園に土などいくらでもあるのに、コンクリートのビル内で売られていた袋分けの土をわざわざ買ってきて、剪定された枝をそこに挿し、消えかけた命に再び灯を与えようとしている。切断されたばかりの断面は鋭く白く、土に挿したからといって、そこから根が生えてくるとは、いまいち想像し辛《づら》かった。それでもわたしは三鉢分の作業を終え、ベランダに出した。

挿し木で時間をとられ、今日のぶんの遅れを取り戻すよう仕事に没頭したわたしは、やがてかなりの空腹に急に気づいた。真っ暗になっていた窓のカーテンを閉めてまわり、キッチンへ立った。

両手鍋に鍋の素を入れ、野菜を入れていく。一人だとあまり食べないにもかかわらず、秋頃になると鍋の素を何種類も買い込んでしまう。元恋人とは冬の間よく、鍋を食べた。六つ上、痩せ型で穏やかな性格だったその人とも、ここに引っ越してくる少し前に別れた。互いの同意で別れたのだし、わたし自身の認識としては、執着などないつもりだ。

ただ、楽しい思い出は、いくつか強く残っていた。秋田竿燈《かんとう》まつりを見に行った際に食べたしょっつる鍋は、古民家風の店の雰囲気も込みでおいしかったし、沖縄のエメラルドグリーンの海に面し敷地内の至るところが白い五弁花のプルメリアで彩《いろど》られたリゾートホテルでのんびり過ごしたこと、ドイツの城壁の通り道を夜に二人して用心しながら歩いたのも、断片的に想起される。

別れた元恋人が、わたしにとって今もとても大切な人であり続けているというわけではない。ただ印象に残ったそれらの光景や感触はたぶん、わたしの人生の中での、楽しい思い出なのだろう。やがて、鍋が煮えた。

クライアントのオフィスがある八重洲《やえす》のビルで、現物を見ての確認作業があるため、昼前に家を出た。駅まで歩いて一〇分の距離であるが、最近は遠回りし公園を通って行くようになったから、三分ほどよけいにかかる。土の上で細かくなった落ち葉を踏む、サクッとした乾いた音や、靴のソール越しに伝わる地面の凹凸《おうとつ》の感触は、癖になった。

わたしがあの日拾ってきた枝は白樫《しらかし》というもので、部屋の前で太い枝が剪定されてしまった木は欅《けやき》だったと、ネットでの画像検索を経てわかった。部屋の前に並んでいる木は全部同じ木の幹に見えていたが、種類が違った。だから欅の枝も一つ拾ってきて、買い足した鉢に挿し木した。

わたしの部屋の窓からは、葉だけでいうと、ほとんど白樫の葉しか見えない。公園を歩きながら自分の部屋の近くで立ち止まったわたしは、腰を反らせながら真上を見上げる。濃い緑色をした白樫の繁みの上に、まだ葉のついていない欅の細かい枝先が覆い被さっていた。日光を求めながら植物たちは、その高さや葉の色などに様々な違いを見せ、それぞれのやりかたでそこに生きている。

桜もだいぶ散り、見に来る人々の姿も一時よりだいぶ減った。わたしにとってこの春は、欅の太い枝が切られたあの日から、桜の時期に皆が振り向きもしないその木が、桜より大きな関心をひく木となっていた。切り口がまっすぐで目立つあの剪定だって、あくまでも台風等で枝が折れたりし人々に怪我を負わせないための配慮からきているのだと、わかってはいるつもりだ。

ＪＲ中央線のドア前に立ち窓の外を眺めていたわたしは、線路沿いの斜面から上に向かって伸びている何本もの手に気づいた。葉が生えそろっていない木々が、電車の架線にふれてしまうかのような近さで、斜面に根をおろしている。中央・総武線に乗った際、市ケ谷付近のこのあたりではいつも外濠《そとぼり》に目を向けがちなわたしは、その反対側にこんな巨木が何本も並んでいることに、今さら初めて気づいた。

斜面が崩れたり、そうでなくとも太めの枝が折れたりすれば、架線や線路にかぶさってしまうだろう。いやむしろ、巨木の太い根が土中に複雑に張り巡らされることで土砂崩れを防ぎ、鉄道路線が守られているのかもしれない。自然は人間に守ってもらう存在というわけではなく、人間のほうが自然に生存を左右されている真実を、つきつけられた気がした。

とはいえ、見ようによってはやはり架線にかかってしまいそうな木を、よく残しているものだと思う。マンションの前のあの欅の枝のように、人間は少しでも脅威の兆しを感じれば、自分たちにとって都合が良いように自然をコントロールしようとするのに。中央・

総武線沿いの斜面に並んだ木々に対しては、互いの生存を脅かさないギリギリの均衡点を探ろうとする人間たちの意思が感じられた。ごく短い区間に並んだわずかな木々は慎重な管理のもと残されているいっぽう、神宮外苑や葛西臨海公園などの数千本ものなんの脅威でもない木々が、すでに切られてしまったり、これから切られようとしている。

今回のプロジェクトでまた三年ぶりくらいに、彼女と再会した。大学時代の専攻は同じで、そこから社会での役割としては異なった道を進んだものの、狭い業界内でたまに仕事で会う関係となっている。東京駅近くの八重洲のオフィスビルに一〇人ほど集まり、現物を見ながらの意見の出し合いを終えると、昼時だったこともありわたしと彼女は一緒にランチへ行くこととなった。

行きたいシンガポール料理店があるという彼女に案内され、東京駅直結の地下道を通り、長いエスカレーターを上る。東京駅周辺の建物はどこにいつ来ても清潔で新しく見えるため、ここも建てられたばかりの施設のようだとわたしが述べると、彼女曰《いわ》く、本当に建てられたばかりのビルとのことだった。この場所に以前なにかがあったのだろうが、なにが壊され、このビルが建ったのかは、まるでわからない。

シンガポール料理店のソファーや壁は黒とグレーで、床も赤みがかった濃い木目という暗めの内装ながら、窓ガラスは天井から床までの高さがあり光が入るからか、店の印象としては明るい。鶏スープで炊いたご飯に鶏肉をのせたチキンライスと他二種類のおかずを選べるランチセットを、二人とも注文した。

「普段作らないもの、食べたくなっちゃう」

「そうだね。チキンライスはキットもあるけど、このお米が売ってないものね」

「男の子が二人もいると、凝った料理なんかしてる暇はなくて」

そう話す彼女の家では週に二日、夫が夕飯を作るのだという。一品ものが多いが、子供たちはそういう料理のほうが好きらしい。転職した夫のほうがわたしより稼ぎが少ないから、と彼女はさらっと口にした。話題はとりとめもなく移り変わる。

「えー、そんなふうだったのに、それでも結局別れちゃったんだね。だいぶ長い年月をロスしたというか……。結婚すりゃいいってものでもないだろうけど」

「まあね。でも、わたしが決めたことだし、物事の判断がつくのには時間もかかるよ。わたしも楽しんだし、それも人生かな、って」

食事を終えお茶を飲みだした頃、今日の集まりから途中で抜け出した彼女の男性上司の話になった。出張のフライトの時間が迫っていて、空港に向かったらしかった。

「沖縄出張なんだけどね。用件はあっちに行ってすぐ終わるようなものなんだけど、親睦会があるかもしれないからって会社のお金で一泊、明日も自腹でもう一泊するんだってさ」

「ちゃっかり楽しむ気だったんだ」

「そう。ずるいよね」

「いいなあ、沖縄。海沿いのホテルがすごく良かったし、首里城の近くで食べたアグー豚のしゃぶしゃぶも甘みがあって、おいしかった」

「ね、いいよね。沖縄なんて、卒業旅行以来だから、もう久しく行ってないな……。ここ一〇年くらいで、観光客向けに高級リゾートホテルが沢山開発されたんでしょう？」

「三年前に行ったときは、綺麗なホテルが沢山並んでた」

「さっきの、五年の大恋愛だった人と？」

「うん。他のホテルも気になるから、毎年夏に行こうって言ってたな、彼。結局、沖縄はそれきりになっちゃったけど」

「毎年じゃなくてもいいでしょう、沖縄は。それにさ、海の珊瑚《さんご》が死んじゃうような開発をしたり、海沿いにホテルを建てるから宿泊客にしか海が見えなくなっていったりして、環境破壊がひどいんだってね」

「そうなんだ」

「かといって、ハワイなんかは今円安だし、そもそもハワイの物価自体が上がってもう元には戻らないし、日本人は行けなくなっちゃうね。子供たちがもう少し物心ついても、沖縄くらいしか行けないか」

「三年前でも、沖縄のホテルとか観光客向けの食事はそこそこ高かったよ……。外国人観光客の懐事情にあわせた物価になっていくから、沖縄だって、行けなくなるんじゃない」

「えー、そうか、まあそうでしょうね……。このまえの会議でもそんな話になってたけどさ、日本の人口、減ってるんだもんね」

また少し仕事の話に戻り、互いに抱えている身体の凝り解消のための運動やマッサージ、灸《きゅう》等の施術についてしゃべったあと、時計を気にした彼女の所作をきっかけに会計を済ませ、地下通路まで下りて別れた。


首、肩、腰だけでなく冷え性や生理痛となんでも効いたからと灸をすすめられていたわたしは、平日の夕方、家から近い治療院へと歩いて向かう。駅へ向かう最短経路からほとんど外れない場所に位置する雑居ビル二階の治療院は、六〇歳手前くらいの女性が一人で施術していた。前回、灸を初めて体験したわたしには、少なくとも翌日くらいまで首や肩の凝りが軽減されたように感じられ、こうして二回目の施術を受けようとしている。

階段を上り予約時刻の二分前にドアの前に着くと、オーバル型の黒縁眼鏡をかけたおばさんがちょうど出てきて、小さな鉢に入った赤い花を出入口の脇に置き、わたしもそのまま中へ招かれた。

身体の調子はどうだったかと訊かれ、前回の治療の効果や最近の体調を話してから、施術台にうつ伏せになる。顔の部分がくりぬかれた形の枕と施術台の穴越しに床を見ながら、話す。

「ゴールデンウィークはね、社会人になったばかりの長男からの誘いで、久々に家族旅行に行くんですよ、福岡に」

「そうなんですか、いいですね」

おばさんには夫と、会社員の長男に大学生の長女がいることを、前回既に聞かされていた。

「だからね、五日間くらいはこの店閉めちゃうんですけど、その間にもしなにか不調があったら、わたしの師匠をたずねてください。イギリス統治時代の香港で修業した、全盲の八〇代の人で、もう新規のお客さんは受け付けていないんですけどとにかく腕は一流で。世間のお休みも関係なく診てくれるはずなので、もし必要だったら言ってくださいね、話通しておきますから。……っていうことを、忘れないうちに言っておかないと、忘れちゃうのよね」

艾《もぐさ》を身体の背面に置かれながらわたしは、見方のわからない星座を描かれているようだと感じる。火をつけられた順から点状の熱を感じ、すぐさま全身が弛緩《しかん》し眠気に支配されだす。これまでに施されてきたどのマッサージなんかよりも、そうなるまでの時間が短い。

それでもなんとか意識を保ち、わたしはおばさんとの会話を続けた。

「……空《あ》いていれば施術できますから、いつも予約なしで来る方もいらっしゃるんですけどね。ただその方はすぐお近くにお住まいなので買い物ついでに、っていうこともできるんでしょうけど。せっかくいらしていただいても施術できないなんてことになると、行き来してもらうのもお手間になっちゃいますし、やはり電話してもらったほうが間違いないですね」

「わたし、ここからすぐ近くに住んでまして、その方と同じで、買い物帰りによく通るんですよ」

「あらそうですか。お近くでしたっけ?」

「ビルの前の通り沿いの、コンビニも通ってまっすぐ行った先の、公園の真ん前に二年前にできたマンションがあるんですけど」

「ああっ。公園だったところね」

「はい、公園の前の、マンションです」

「小さい公園だったところでしょう?」

会話にわずかな食い違いが生じていることを察知したわたしは、自分が寝ぼけて頓珍漢《とんちんかん》なことでも言ったかと思い、今さっき自分が言ったことを整理して言い直しかけた。

「あ、違うの、今マンションが建っている場所は、もう一つの小さい公園だったの」

「……小さい公園？」

わたしが訊《たず》ねると、おばさんは教えてくれた。マンションの前にある大きな公園とほぼ隣接するように、その場所にはかつて、大きな公園とは区分けされた小さな公園があったのだという。

「このあたりで唯一、バーベキューをやってもいい公園だったんですよ。だから皆から重宝されてたのに。うちも、子供たちが高校生だった頃くらいまで、よくバーベキューやってましたよ。でももう、マンションになっちゃったから」

最初に火をつけられた艾から順に取り払われだしたからかわからないが、わたしの眠気は徐々にひいてゆく。

「もう二年以上経ったのね、つい最近だと思ってたから。工事が始まったときびっくりしたんですよ。近所の人から聞いたら、小さい公園だった場所は都の土地じゃなくて、京都の創業二〇〇年の呉服屋さんがずっと貸してたんですって」

「そうだったんですか」

「らしいのよ。まあそれだったら、老舗《しにせ》の呉服屋が代替わりでもして、不動産を転がしたくなっちゃったら、止めようがないわね、って」

身体中の凝りがとれたような感覚につつまれながら、ビルをあとにしたわたしは駅近くの店で買い物をし、公園を通る遠回りのルートで帰路につく。

低層マンションのエントランス近くからは、平置き屋外駐車場のパイプ状シャッターゲート越しに、敷地内の奥のほうにある緑地が見える。たいそう立派な大木や低木も何本かあり、それらはわたしが借りている部屋の北向きの寝室からも見える。

たしかにそこには、公園の名残があった。直径一メートルはあろう高さ二〇メートル以上の広葉樹や、それに近い大きさの別種の南国系の木もある。それらは二年前に植木職人たちがどこかから運んできて植えるのは不可能だと、少し思いを巡らせれば一目瞭然《いちもくりょうぜん》なほどしっかり根をおろしていた。何十年、ひょっとしたら一〇〇年以上前から、ここに生えていた木だろう。そんな木々が、駐車場のアスファルトやマンションの建物が建っている部分にだけ、生えていなかったのだろうとは、考えづらい。

今わたしが住んでいるこのマンションは、木を切り倒し、公園をつぶすことで、建てられた。その公園がもとはどんな彩りをもっていたのか、わたしは知らない。

植物がより一層の旺盛な成長を見せる季節に入ったある日の日中、カーテンを開け放ったままの寝室の窓から、外に人の姿がのぞけた。駐車場の端に駐《と》められた高所作業車のクレーンの先の籠に乗った男性作業員が、マンション敷地内に残っている大木の太い枝に、ロープを巻きつけていた。そこから二日間にわたり剪定作業が行われ、残されていた木々の太い枝はほとんど切られ、大きな案山子《かかし》みたいになった。灌木《かんぼく》は伐採され、残された丸刈りの幹数本は、晩春なのに寒々しい様相を呈していた。

葉々による緑のカーテンがなくなると、それまでは見えていなかった向かいのメゾネットの一階と二階が大きなガラス窓越しに丸見えとなった。向こうからしても同じはずで、わたしは日中も寝室のレースのカーテンを閉めっぱなしにするようになった。そうすると、丸刈りにされた木すら見えなくなり、北向きの部屋は薄暗い、ただの箱になった。

この敷地は二年前からもう公園ではないから、剪定作業も、役所による管理とは違うだろう。だとすると、物件の所有者や管理会社によるものか。わざわざ高めの家賃を払ってこのマンションに住む人たちは、緑の気配を好んで、住んでいるだろうに。誰のためになっているのかわからない、徹底的な剪定だった。平置きの駐車場に置かれているドイツ車やイタリア車といった数台の高級車が、落ち葉や花粉で汚れにくくはなるのかもしれないが。

わたしがネットで検索してみた限り、マンションが建つ前にここにあった小さな公園がなくなったことを嘆くような声は、散見された。しかしそれもごく数件だった。ニュースにもならないこんな程度の伐採は、全国のあちこちで行われているのだろう。人口とともに、人々に必要な建物の数も減っている日本で。

神宮外苑の木々が切られ跡地に建つかもしれない商業施設に対し、今は怒りを感じているわたしだって、いずれは建物を見慣れ怒りも忘れ、足を運び、それなりに楽しんでしまうかもしれない。道沿いの木々といった自然のほうが、人々に開かれより多くの喜びを与えてくれていたことだって、年月が経てば忘れ去られてしまうのかもしれないし、わたしはすでに、今まだそこに在《あ》る風景を、忘れている。

真っ白な建物に白いプルメリア、客室から見下ろせるエメラルドグリーンの海――。沖縄で見たイメージの断片が、頭をよぎる。いつかの楽しかった沖縄での記憶として、わたしにとってはそれらの光景が最も強い。

すぐそこに美しく尊いものがあっても、それを眺めるような場所を用意してもらわないと、鈍い人間はその良さに気づけない。木を伐採して建てられたこのマンションに住んでから、わたしは眼前にある公園の、緑の素晴らしさに気づけた。

真実に気づいてしまった今となって、伐採の跡地に建てられたこのマンションからわたしがよそへ引っ越したからといって、樹齢数十年以上あったであろうたくさんの木々は、もう戻ってこない。

南側のベランダには今も、挿し木され二ヶ月弱が経とうとしている二種類の植物の鉢植えが、並んでいる。数メートル先にある公園の大木の白樫の枝には、明るい葉色の新芽が花のように芽吹いているが、挿し木の白樫にそのような変化はおとずれていない。少し萎《しお》れ気味ではあるものの、かといって枯れ落ちもせず、深緑色を保ち続けている。いっぽうの欅も、枝の先に無数の茶色い芽をつけたまま、拾ってきたときと同じような見た目を保っている。ただベランダから見上げると、公園の白樫の上には黄緑色の明るい欅の葉がかかっているから、その生命力にあふれた姿とベランダの欅が、同じ植物だとは思えなかった。

わたしは台所で、ピッチャーに水をくむ。地表から浮いているベランダで育つ植物たちが、本当はもう枯れゆくことが確定しているのか、それとも時間をかけて根を張り、再び生きようとしているのかは、わからない。小さな小さな公園のそれらに、わたしは三日ぶりに水をやった。

それからほどない日の、静謐《せいひつ》さに満ちた夜のこと。南国ふうの高い木や灌木、ベンチや水道のある広場にいるわたしが、一〇メートルほど離れたところに並んでいる欅と白樫の大木へ目を向けていて、その無残に残されたいくつもの切り口から、大きな白いプルメリアが何輪も咲き乱れているという夢を見た。

「バックミラー」　「文藝」二〇二四年春季号

「シリコンの季節」　「小説すばる」二〇一三年三月号

「目覚めさせる朝食」　「新潮」二〇一五年二月号（「女を帰らせる朝食」より改題）

「みせない」　『村上春樹への12のオマージュ　いまのあなたへ』二〇一四年五月刊

「成功者Kのペニスオークション」　「文學界」二〇一五年九月号

「なぜ自分は、今までそれを」　「フリスク ネオ」キャンペーン（クラシエフーズ）二〇一八年二月

「知られざる勝者」　「すばる」二〇一五年一月号

「〇．〇〇…」　「オールフリー」キャンペーン（サントリー）二〇一六年六月

「自立」　「CLUB JT」キャンペーン（JT）二〇二一年五月

「のっとり」　「フリスク ネオ」キャンペーン（クラシエフーズ）二〇一八年二月

「渋谷と彼の地」　『1と0と加藤シゲアキ』二〇二二年九月刊

「そこに生きている」　「新潮」二〇二四年八月号

羽田圭介《はだ・けいすけ》

一九八五年生まれ。
二〇〇三年「黒冷水」で
文藝賞を受賞しデビュー。
「スクラップ・アンド・ビルド」で芥川賞を受賞。
著書に『走ル』『隠し事』『メタモルフォシス』
『成功者K』『ポルシェ太郎』『Phantom』『滅私』
『タブー・トラック』他多数。

バックミラー

二〇二五年三月二〇日　初版印刷
二〇二五年三月三〇日　初版発行

著者　羽田圭介
ブックデザイン　鈴木成一デザイン室
装画　後　智仁
発行者　小野寺優
発行所　株式会社河出書房新社
〒一六二-八五四四　東京都新宿区東五軒町二-一三
電話〇三-三四〇四-一二〇一（営業）
〇三-三四〇四-八六一一（編集）
https://www.kawade.co.jp/
印刷　株式会社亨有堂印刷所
製本　小泉製本株式会社

Printed in Japan　ISBN978-4-309-03949-7

ポルシェ太郎

羽田圭介

＊

35歳。
起業した太郎は年収同等のポルシェを購入。
だが自慢の愛車で得体の知れないものを運ばされるはめに。
向かうのは欲望か、死か？
人間の見栄と業を描きだすハードボイルド小説。

成功者K

羽田圭介

＊

ある朝突如有名人になったK。
夢のように一変した日々だったが、
それは不気味な迷宮への入口だった……。
成功者の恍惚と不安を“ありのまま”書いて
取扱注意の危険作！

隠し事

羽田圭介

＊

すべての女は男の携帯を見ている。
男は……女の携帯を覗いてはいけない！
盗み見から生まれた小さな疑いが、
さらなる疑いを呼んでいく。
驚愕の家庭内ストーキング小説。

走ル

羽田圭介

＊

物置で発掘した緑のビアンキ。
その自転車で学校に行った僕は、
そのまま授業をさぼって北へと走るが……。
「21世紀日本版『オン・ザ・ロード』」（読売新聞）と評された、
サイクリング青春小説！

黒冷水

羽田圭介

＊

兄の部屋を偏執的にアサる弟と、
執拗に監視・報復する兄。
出口を失い暴走する憎悪の「黒冷水」。
兄弟間の果てしない確執に終わりはあるのか？
当時史上最年少17歳・第40回文藝賞受賞作！